Rainar Nitzsche: ATON - Vater Sonn

AF140068

Der Autor

Dr. Rainar Nitzsche, geboren 1955 in Berlin, Schulzeit im Saarland, wohnt mit seinen Vogelspinnen in Kaiserslautern, wo er Biologie studierte und seine Diplom- und Doktorarbeit über das Paarungsverhalten der bei uns heimischen Brautgeschenkspinne *Pisaura mirabilis* verfasste. Er schreibt seit 1975 Gedichte, Kurzprosa, fantastische Romane sowie Sachbücher über Spinnen.

Zum Buch

Einst am Ende einer Nacht fand ein Penner den jungen Mann auf einer Bank im Park - mit weit geöffneten Augen, die spiegelten noch immer das Licht der Vollen Mondin, doch niemals mehr hinein in seine Seele, denn er war tot. Für den Penner aber gab es einen Morgen und einen neuen Tag. Jetzt war *er* es, der die fantastischen Dinge sah, ihnen lauschte und in ihnen aufging, die da geschehen im Sonnenschein, in den Wüsten aus Beton, in Gärten und auf Wiesen, in tiefsten Wäldern, auf Bergen, auf Inseln im Meer und in Wüsten, wo fern die alten Götter träumen.

Rainar Nitzsche

Aton
Vater Sonn

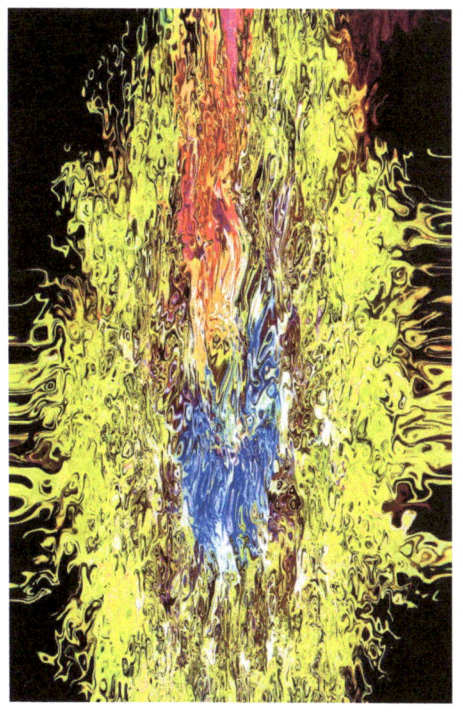

Fantastische Taggeschichten

222 Shortshortstories

Die Deutsche Nationalbibliothek verzeichnet diese Publikation in der Deutschen Nationalbibliografie; detaillierte bibliografische Daten sind im Internet über dnb.d-nb.de abrufbar.

Impressum
Rainar Nitzsche
ATON Vater Sonn
Neu gesetzte, leicht überarbeitete 3. Auflage als Taschenbuch (1. Auflage handsigniert, nummeriert als Paperback: 2001 im Rainar Nitzsche Verlag / 2. Auflage als E-Book 2017 bei Bookrix)
Fotografie und Effekte: Dr. Rainar Nitzsche
Computersatz: Dr. Rainar Nitzsche

© 2019 Herstellung und Verlag:
BoD – Books on Demand, Norderstedt
ISBN 9783734738784

Ich bin
der Sohn des Sonn

Mein Name?

Re - Atum - Aton

Bin ich
der Sohn des Sonn?

Meinem Neffen Oliver
allen Männern dieser Erde
sowie allen Taggeschöpfen

Dank
Vater Sonn
der uns zum Leben erweckte
und noch immer erhält
sowie den Sumpfschildkröten mit roten Wangen
die mir Träume aus Licht
und mein Verlagssignet schenkten

Vorwort

Liebe Leserin, lieber Leser,

vielleicht sind Sie ja erstaunt über dieses »Sonn« und fragen sich: Warum schreibt dieser Herr Nitzsche denn nicht »Sonne«, wie es sich gehört? Oder steht das etwa so im neuen Duden?

Das andere Wort, dieses ATON, klingt ja sehr fremd, könnte ägyptisch sein, aber da kenne ich mich nun überhaupt nicht aus. Hoffentlich kommen jetzt keine Hieroglyphen! Aber *Sonn* im Deutschen, das geht doch nicht. Schlimm genug, wenn da einer von *Mondin* statt von *Mond* spricht. Also wirklich, also nein!

Zugegeben, *Sonn* ist ein wenig gewöhnungsbedürftig, aber unsere Sprache ändert sich ja ständig - oder wird geändert. »Rechtschreibreform«, fällt mir da ein. Früher schufen Dichter neue Worte, heute die Werbetexter. Für mich als Biologen ist unsere Sonne natürlich männlich, also spreche ich vom *Sonn*. Denn *er* befruchtet mit seinem Licht unsere Mutter Erde - *sie*, in deren Schoß das Leben entstand und wächst. Fast alles gegenwärtige Leben hängt über die Photosynthese der Pflanzen an diesem Energiestrom. Ohne *sein* Licht keine Pflanzen, ohne Pflanzen keine Tiere, also auch keine Menschen.

Nun aber zum Inhalt. Versammelt sind in diesem Buch Taggeschichten, Gedanken und Träume, thematisch in sechs Kapitel aufgeteilt. Ausgehend von unseren Wohnungen und Häusern und Straßen der Stadt entfernen wir uns immer weiter über Gärten und Wiesen hin zu Wäldern und Bergen über Seen und Meere und Wüsten von den Menschenwelten und gelangen so zu den kleinen Göttern, die da irgendwo irgendwann ihre Göttergedanken träumen. Alles klingt ein, alles klingt aus.

Dazwischen findet sich wieder ein lockerer Rahmen. Diesmal ist es ein Penner, den wir schon aus dem *Ruf der Mondin* kennen, dem ersten Band meiner Nachtgeschichtentrilogie um die *Mondin*. Sie erinnern sich? Er war es, der den jungen Mann tot auf einer Bank im Park fand. Und es sahen wohl nur wenige Fernsehzuschauer vor langer Zeit in einer Landesschau* einen jungen Mann dort unter einer Platane sitzen, lauschten dabei wenigen Worten, nicht aus dem Mund, aber aus dem Geist des noch immer so unbekannten Autors, erblickten dann auch ihn, also mich, mit Vogelspinne** auf der Schulter lachend beim Betrachten eines Spinnenhorrorfilms.

Rainar Nitzsche, Kaiserslautern
April 2017, März 2019

---

*: Phantastische Welten in der Pfalz. SWF3 Landesschau Kultur, 28.09.96
**: Eine baumbewohnende Vogelspinne der Gattung *Avicularia*, die inzwischen nicht mehr unter den Lebenden weilt.

Inhalt

Vorwort	7
Der Penner im Park schläft andernorts	16
Einklang	19
Sonn über Beton	21
Das Aaah und Oooh	22
Abendsonn und Nacht	23
Attacke!	24
Auf einen Streich	25
Das Auto	26
Beben	28
Besucherin	30
Bild im Zug	31
Blick nach links, Blick nach rechts	32
Chaos	34
Chinarestaurant	35
Dein Herz*	37
Dieser Stahl schneidet	38
Dom	39
Drei Kirchturmspitzen	40
Du öffnest die Tür	41
Du stehst auf	43
Duell	44
Durch Mauern	46
Efeu	47
Das Ehepaar	48
Einklang und Gesang	49
Endlose Reise	50
Erinnern in Schwärze	52
Erster Stock, Kurklinik	54
Erwachen	55
Erweckung	56
Etwas im Licht	58
Feuer und Schnee	59
Die Fliegen begrüßen Gottes Tod	60
Fliegen und ster...	62
Fliegenträume	63

Für das Beste im Mann 64

Geburt 65

Hände hoch! 66

Die Hand 67

Harfner im Wind 68

Höret! 69

Husch 70

Ich habe es getan! 71

Ich sehe *ihn* *72*

Im Takt 73

Im Zug 74

Immer wieder 75

Irgendetwas 77

Die Jagd 78

Der Junge 79

Karton 80

Die Kraft der Gedanken 82

»Mama!« 83

Marionette 85

Das Messer 86

Mitten hindurch 87

Morgendämmern 88

Morgenlied 89

Musikvideo von der Ernte 90

Nacht und Sonn 91

Nicht ärgern, nur wundern! 92

Nichts und niemand! 93

Das Öffnen 94

Oliver 95

Platane 96

Raben 97

Rasend über den Dächern 98

Rathaus 100

Rufe! 101

Die Schärfe des Morgens 102

Schlittenfahrt 104

Die Schraube 105

Schrei und Schrei und ... 106

Schwimmbad 107

Selbstbestrafung 108

September-Sonn 109

Sextouristen 110

Sinne und Sinn 112

Sonn am Abend 113

Sonnensohn 114

Spezialeinheit 115

Stern 116

Sturm 117

Suizid 119

Die Tür 120

Universität Biologiegebäude 5.Stock 121

Unter mir 122

Die Unterführung 123

Unterwegs 125

Vorweihnachtsempörung 126

Der Wall 128

Was ...? 129

Was tat er da? 130

Die Wespe an der Scheibe 131

Wie im Film 132

Wirkung und Wille 133

Wunsch für das Ende 134

Zähne 135

Zeichen 137

In Gärten und auf Wiesen 139

Am Morgen 140

Ameise, Spinne, Schlange vielleicht? 141

Die Antwort 142

Einer schreit 144

Eins-sein 145

Eins zwei drei* 146

Folge! 147

Das Gartenfest 149

Hägse 151

Der Held 152

Korn 153

Krieger   154

Metamorphose*   155

Mordor   156

Das Nebelmeer   157

Noch nicht   158

Platanen   159

Das Rauschen   160

Ruf - Schrei   162

Ruf aus den Wolken   163

Schmetterling*   164

Sonn am Morgen   165

Das Sonnenlied*   166

Steigt auf der Regenbogen   167

Das Tier und das Mädchen   168

Unter dem Winde   169

Der Vogelfänger   170

Wiedergeboren   171

Zauber   172

Der Penner im Park erinnert sich   173

Wald und Berg und Wand   175

A zu B oder der Adler   176

Abschied   177

Adler nicht, doch Geier!   178

Caldera   179

Der da hängt   180

Diese Wolken   182

ERSIE oder SIEER   183

Hass   184

Hinauf   185

Im Wald   186

Irgendwo zu einer Zeit   188

Kilimandscharo   189

Laubes Flüstern   190

Mensch   191

Regenwaldtag   192

Reh   193

Der Reiher   194

Sehen und sterben   195

12

Sein Blut 196
Sein Gewand 197
Sonn geht auf 199
Sonnentanz 200
Um die Ecke 201
Die Wand 202
Wo der Wind weht 204
Der Penner im Park schaut dich an 205
Inseln in See und Meer 207
Ebene 208
Etwas 209
Fisch an der Angel 210
Herz aus Glas* 211
Jenseits 212
Meer 213
Die neue Erde 214
See 215
Sirr 216
Sprung 217
Tod eines Fisches 218
Träumend über stille See 219
Und dann 220
Von fern 221
Der Penner im Park nennt seinen Namen . . . 222
Wüstenfeuer 225
A wie Aufbruch 226
Die Alte aus der Wüste 227
Andernorts 229
Blind und sehend 230
Diese Wüsten 231
Du und das Wüstenland 232
Empor 233
Das Entfalten deiner Flügel* 234
Feuer und Flamme sein 235
Flammenmeer 236
Geier 237
Hinab 238
Ich bin der Sturm 239

Im Tümpel ein Schnabel 240

Licht 241

Männer im Sand 242

Outback 243

Radfahren 244

Reise mit dem Wind 245

Der Sehende 246

Tanze! 247

Was passiert? 248

Wer bist du? 249

Die Wiese 250

Wind in seinem Haar 251

Wo Drachen fliegen 252

Wüste 253

Wüstenwind 254

Der Penner im Park verwandelt sich 255

Träumende Götter 257

ATON und die anderen Götter* 258

Besuch 259

Ein Drehen und Lächeln 260

Engel des Herrn 262

Feuer und Wasser und Erde und Luft 263

Flügel 264

Freyatag 265

Frühlingserwachen 266

Das Heben des rechten Armes 267

Irgendwas und Stürme 268

Irgendwo 269

Opfer dem Sonn! 270

RE - ATUM - ATON , der Sonn 271

Regenbogen 272

Sie 273

Sonnenmensch 274

Stimme 276

Tezcatlipoca 277

Weinen 278

Wer bin ich? 279

X Y Z oder Alpha und Omega 280

Ausklang   281
   Anfang August   282
   Du glaubst?   283
   Du stehst auf   285
   Entschwunden   286
   Finsternis   287
   Lichtstrahl   288
   Sie sagen   289
Der Penner im Park erwacht   290

Der Penner im Park schläft andernorts

Du erinnerst dich an den Penner?

Nein?

Ich meine den alten Mann, der ...

Nein, der trinkt keinen Wein! Der liegt auch nicht so rum, der steht - auf Bier. Ja, diesen Alten mit dem grauen Vollbart, den meine ich.

Siehst du, jetzt siehst du ihn auch, doch nicht auf einer Bank im Park*. Dort schläft er nicht, sondern im Obdachlosenasyl. Schau genau hin, komm näher ran, lass dich nicht abhalten von seiner Fahne. Schau genau hin. Da, seine Augen zucken hinter geschlossenen Lidern. Der Penner träumt. Willst du erfahren, wovon?

Geh noch näher ran!

Ja, so!

Du hast es geschafft. Jetzt bist du in seinem Traum. Jetzt siehst du, was er sieht, hörst du, was er hört, riechst du, was er riecht, fühlst du, was er fühlt. Jetzt bist du er.

Jetzt bist du in einem kleinen Park. Ach, es ist ja nur ein Platz, platanenumstanden, kreisrund. Aber seltsam ist die Perspektive doch. Du erblickst einen jungen Mann auf einer Bank, allein.

Es ist Nacht, die Laternen verlöschen ohne Laut. Doch noch immer ist Licht, wacht über allem die Volle Mondin.

Du siehst ihn von unten.

Aus tiefster Froschperspektive?

Nein, von noch tiefer, von unterhalb der Erdoberfläche aus!

Dort siehst du ihn sitzen auf einer Bank unter Platanen und träumen im Licht der Mondin. Du schaust die Bank und den Mann von hinten, als Silhouette nur, dann wieder von der Seite, dann von vorne, als würdest du

*: Kolpingplatz Kaiserslautern, s. *Ruf der Mondin*

16

dich unter der Erde im Kreis bewegen. Niemals aber schaust du in sein Gesicht!

So käme es dir seltsam vor, woher du weißt, dass er jung ist - wärest du wach. Doch du schläfst, doch du träumst. Also stellst du keine Fragen.

Aber du träumst nicht die Träume des jungen Mannes auf der Bank. Also hörst du niemals *ihren* Ruf, den Ruf der Mondin, also stirbst du nicht, *noch* nicht, also lebst du weiter. Du schläfst in der Nacht und bist wach am Tag. Denn du bist ein Kind deines Vaters. Der aber heißt Sonn.

Jetzt aber bei Nacht ist *er* untergegangen, hinabgefahren unter die Erde, in die Unterwelt. Dort gleitet *er* auf einer Barke dahin durch schwarze Höllen.

Doch es wird ein Morgen kommen. Dann geht er wieder auf im Osten, so strahlend hell gigantisch über dieser, deiner Stadt.

Einklang

Damals, als wir erwachten, zu werden begannen, vor Zeiten, damals öffneten wir Ohren und Augen und Nase und Mund, die Welt um uns zu fühlen. Wir atmeten ein das Leben.

So brachen auf Zunge und Geist. Und das Wort wurde. Und das Wort war Macht.

Auf ewig erwoben aber in den Träumen, die da wuchsen im Dunkel der Nacht, sind die Schreie unserer Brüder und Schwestern, sie alle: Opfer der fauchenden Dolche.

So stiegen auf aus unseren Mündern Worte, die flogen von Ohr zu Ohr zu Mund und durch die Zeit, vom Vater dem Sohne gegeben.

Dann schrieben wir auf - aus Bildern wuchsen Zeichen - diese Worte. So wurde die Schrift in den Sand, auf Holz, in Tafeln aus Ton, in Steine geritzt. Papyrus, Papier.

Jetzt aber laufen die Bilder über Wände aus Stoff und finden sich wieder in Röhren und Chips. Und Worte schlafen auf Bändern und Scheiben, erwachen.

Ewig lauschen wir still den Klängen von fern - träumen in unzähligen Welten.

All dies: die Klänge und Bilder und Düfte, die meine Sinne mir spiegeln aus den Räumen dort draußen, und die Träume in mir, all dies, das eben noch war, und die Gedanken, dem Morgen entsprungen, aus Welten so weit von hier, das ALLes sind Fäden, die sich weben zu Worten in Sätzen, die da warten so still und geduldig gleich einer Spinne im Netz, auch dich zu fangen.

Sonn über Beton

Manche Wüsten leben am Tag
nachts aber sind sie tot!
Erstaunlich aber ist
wie viele fantastische Dinge
unter *seinem* Licht geschehen

Das Aaah und Ooooh

Du drehst deinen Kopf im roten Licht des Abendsonn, immer weiter und weiter, langsam zunächst.

Du schaust hinab im Drehen, siehst dort unten auf der Bank deinen kopflosen Körper sitzen. Und nun - mein Gott! - schreit dein Mund aus einem immer schneller rotierenden Kopf so was wie: »Aaah!«

Und ich, der ich dich treffen wollte, und auch du - ja dich, liebe(r) LeserIn, meine ich - wir beide sehen den blutenden, zuckenden Körper noch nicht. Denn noch immer schauen wir mit offenen Mündern empor zu dem dort oben im roten Licht rotierenden Kopf: »Ooooh!«

Abendsonn und Nacht

Ein kräftiger Sonn am Abend.

Eigentlich ist noch später Nachmittag, aber bei dieser Sommerzeit gehen ja alle Uhren eine Stunde vor.

Also ein kräftiger Sonn am Abend.

Und was geschieht da wohl?

Du streckst die Arme nach hinten aus. Neben dir wächst der Efeu empor an der Häuserwand. Berührst du ihn mit deinen Fingern?

Nein! Aber mit deinem Sehnen, deiner Seele. So gehst du ein in das lautlose Singen der Pflanzen. Und deine menschlichen Umrisse verschwimmen. Träumend schwebst du an der Häuserwand.

Zeit vergeht.

Sonn versinkt am Horizont, den du nun nicht mehr siehst mit Menschenaugen. Doch du spürst die schwindende Wärme, fühlst einen sanften Hauch. Luft bewegt sich unter den Flügeln der Fledermaus, die flattert vorbei.

Also wachst du nun doch noch auf aus grünen Träumen, also wandelst auch du dich in ein fliegendes Wesen der Nacht und flatterst hinter ihr her, die dich noch immer lockt.

Attacke!

Da, plötzlich war da ein Gedanke, eine Idee: »Lauf, lauf, lauf!«, rief es in ihm.

Er sah sich um.

Nirgends was zu sehen. Keine Gefahr!

Also ging er weiter auf dem Bürgersteig, weiter auf seinem Weg von der Arbeit nach Hause und näherte sich dem Kolpingplatz in Kaiserslautern Links über der Schulter trug er seine Umhängetasche und in beiden Händen Beutel und Tasche mit jeweils 20 Exemplaren seines zweiten, im eigenen Verlag erschienenen Buches: *Das Ende des Tunnels.* Die transportierte er gerade von der Buchhandlung in Winnweiler, wo er arbeitete und wohin er die ganze Auflage von 500 Exemplaren hatte schicken lassen - denn tagsüber war er ja nicht zuhause und sonst wohl auch niemand da -, zu Fuß, mit der Bahn und wieder zu Fuß nach Hause.

»Lauf!«, rief es wieder in ihm, »lauf!«

Jetzt rannte er los, ließ alle Taschen fallen, schrie laut, während er rannte: »Aaaah!«

Rannte schneller, immer schneller, raste mit einer Geschwindigkeit, die er nicht für möglich gehalten hätte, die er nie zuvor erreicht hatte, die er nie wieder erreichen würde, den Platanen entgegen.

Attacke!, dachte er, während er rannte. »Attacke!«, schrie es in ihm. So verwandelte er sich in einen wütenden Stier, senkte seinen Kopf ohne Hörner und rammte ihn gegen den ersten der Bäume im magischen Kreis.

Da war ein KRACHEN, als ob die Welt zerbirst.

Irgendetwas ist zerplatzt, zerbrochen, kaputt, dachte er noch benommen, während er schon taumelnd stürzte, und wusste nicht, was, wusste nichts mehr von seinem rasenden Lauf. Denn er fiel den endlosen Fall dem schwarzen Nichts entgegen ...

Auf einen Streich

Ein Schwimmbad in Kaiserslautern im Sommer, noch ungeheizt und von Bachwasser gespeist. Es ist Juli und heiß. Nicht nur der Rasen, erstaunlich!, auch das »eiskalte« Wasser ist voller Menschen. Einige schwimmen, viele stehen und spielen Wasserball.

Blitz aus Sonn, summender Ton fällt nieder aus wahrhaft heiterem Himmel, schlägt ein so unverhofft ins Becken der Schwimmer. Licht steigt auf. Auch das Wasser strahlt.

Die den Blitz sahen, sehen nie mehr. Blind tasten sie schreiend umher.

Die im Wasser waren, leben nicht mehr.

All die anderen aber starren stumm vor Entsetzen auf das glitzernde Becken, in dem still nun schwarze Körper treiben.

Volltreffer, was immer es auch war, Volltreffer!, dachte der, der alles in sich sah. Besser als einst ein Schneiderlein es schaffte, aber das waren ja Fliegen!

Aber du, sag selbst: Unterscheiden sich denn Fliegen von Menschen?

Wie auch immer, was unbestritten ist, ist das: Es sind weit mehr als sieben, 77 Tote auf einen Streich.

Das Auto

Es geschah eines Morgens auf dem Weg zur Arbeit.

Er war zu Fuß unterwegs.

Wohin er ging, fragst du?

Nun, da war nichts Außergewöhnliches, nicht Besonderes. Er ging an diesem Morgen, wie fast täglich, montags bis samstags, Richtung Hauptbahnhof durch die Stadt. Denn dort stand wartend auf Gleis 102 die Regionalschnellbahn, sein Zug, der ihn auch heute sicher zum Ort seiner Arbeit bringen sollte.

Ja, in der Eisenbahnstraße, kurz vor dem Bahnhofseingang, nein, dort drüben, auf der gegenüberliegenden Straßenseite geschah es. Und alles ging ungeheuer rasch, so rasch, wie es nie erzählt werden kann. Und dennoch will ich es versuchen.

Er sah das von links heranrasende Auto. Eigentlich sah er es gar nicht, was er lediglich sah, waren nur die rasch wachsenden Lichter der Scheinwerfer. Denn es war noch dunkel jetzt im Januar zu Beginn dieses für Mitteleuropa so entscheidenden Jahrzehnts.

Dunkel, schlechte Sicht, dachte er, um so besser, um so besser!

Dann geschah es. Das Auto über ... Oh nein, nicht was du denkst. Noch befand er sich auf dem Bürgersteig, noch schickte er sich an, die Straße zu überqueren, noch hatte er sie nicht betreten, noch ..., als der Gedanke aufblitzte.

So einfach, dachte er, so einfach! Und er wird nichts dagegen machen können. Nichts, was mich retten könnte. All seine Aktionen werden zu spät kommen, viel zu spät. Pech für ihn am Steuer! Kenne ihn (oder sie) ja nicht. Ist also nicht persönlich. Jetzt aber ruhig! Warten. Rankommen lassen! Nichts überstürzen, rasten seine Gedanken und hielten seine Beine auf dem Bürgersteig zurück, noch für einen Augenblick.

Jetzt!

Kaum gedacht, sprang er auch schon auf die Straße, warf sich vor den heranrasenden Wagen, prallte, knallte dagegen.

Sekundenschnell passierte es für den Zuschauer, sekundenschnell für den Fahrer - der hatte wirklich nicht die geringste Chance.

Für ihn aber dauerte alles Ewigkeiten. Er stürzte und stürzte, stürzte auf die Straße, dem dunklen Asphalt entgegen, dann der Aufprall auf das Blech von Stoßstange und Karosserie, der Aufprall ... Prall, Schall, Hall, Hall, Hall ...

So einfach!, dachte er in seinen Träumen, als das Auto an ihm vorbeiraste und er die nun leere Straße überquerte, auf seinem Weg zum Zug zum Arbeitsort zur Buchhandlung in Winnweiler.

Beben

Und dann ein Beben. Der Boden unter deinen Füßen und die Wände deines Zimmers, alles schwankt und
schwingt und zittert.

Oder in meinen Ohren? Oder ...

Deine Seele bebt!

Schreist du?

Dein Mund steht offen, deine Ohren hören nichts, doch
dein Kehlkopf vibriert. Also schreist du. Aber du weißt es
nicht, hörst es nicht. Denn deine Seele bebt und der Boden unter deinen Füßen und die Wände deines Zimmers
und das ganze Haus, die Stadt, das Land, die Erde, das
Sonnensystem, die Galaxie, das Universum, ...

Stille.

Du öffnest die Augen. Sonn streichelt warm dir übers
Gesicht. »Wo bin ich?«, flüsterst du dir leise selber zu.

Doch niemand antwortet dir.

Ein Schmetterling, so groß, so bunt, wie du zuvor nie
einen sahst, flattert und schwebt und gaukelt heran. Er
setzt sich auf deine ausgestreckte Hand und saugt das
Salz deiner Haut mit seinem langen Rüssel auf.

Du!, denkst du ihm zu, Hallo, du!

Er antwortet dir nicht - wie sollte er auch?! -, fliegt
wieder davon.

Dich aber lässt er mit einem Lächeln zurück, so glücklich! Ich und du! Wɪʀ. Du begreifst, du lachst, du weinst.
»Ich bin!«, rufst du laut hinaus in den Tag. »Ich bin!«

Dann stehst du auf, drehst dich im Kreis.

Und Wald wächst dort, wohin du schaust, Wald wächst
um dich herum.

Du drehst dich zurück.

Und wieder ist da Wiese und Steppe, Weite und
Sonn.

Aha, bin ich also Manfred der Magier! Oder aber der
kleine Gott ist erwacht, der ich schon immer war, denkst
du und lachst.

Du schaust und hörst und fühlst dich weiter um in deiner Welt.

Dann aber brichst du auf, machst den ersten Schritt und den zweiten, den dritten, schreitest voran, hinein in das weite Land, das, wie dir scheint, schon immer, seit Ewigkeiten auf dich gewartet hat.

Besucherin

Am Morgen, beim Frühstück am Bett kommt sie zu dir.

Da bist du ja! Summend, brummend und auf Süßes aus?, denkst du ihr zu, die da sitzt auf einem Finger deiner linken Hand. Der Marmeladentoast aber verschwindet in deinem Mund. Keine Angst, aber Vorsicht beim Essen, und dann ...

Du öffnest dich ganz. Die Wespe kommt summend näher. Das Summen schwillt an in deinen Ohren, in deinem Hirn, in dir, das SUMMEN.

Du öffnest deinen Mund in lautlosem Schrei - oder Verzücken?

Sie rast heran und verschwindet ... nicht in deinem offenen Mund, fliegt summend weiter durch die Luft.

Jetzt kommen auch all die anderen durchs offene Fenster. Sie umschwirren deinen Kopf.

Doch die neue Königin, die ihr sterbendes Volk überleben wird, schwebt noch immer summend im Zentrum deiner Stirn.

AJNA CHAKRA, singen letzte Menschengedanken in dir.

Bild im Zug

Ein glühender Streifen aus Licht, dort oben an den Rändern der dunkelgrauen Wolkendecke. Die aber zieht sich, so weit dein Auge reicht. Darüber hellblau im Grau der Himmel - wolkenlos. Und das leuchtende Licht des Sonn in einem Wolkenloch.

Dann aber bricht *er* strahlend hervor.

»Vater!«, rufst du stumm und schließt geblendet deine Augen. Und du weißt, das er dich nicht hört. Und doch ist dir bewusst, das er und du, das ihr beide auf ewig miteinander verbunden seid, denn *du* bist *sein* Sohn und nicht nur du, wir alle!

Blick nach links, Blick nach rechts

Du bist am Morgen auf dem Weg zur Arbeit.

Die Bahn brachte dich hierher. Ein Auto hast du nicht, dafür aber einen Verlag. Vorteil: du kannst so einiges lesen und schreiben unterwegs, während sie dich sicher fährt. Die Straßen sind leer. Scheint Samstag zu sein, tatsächlich, denkst du. Niemand begegnet dir auf deinem Weg vom Bahnhof zur Buchhandlung in Winnweiler, wo du arbeitest.

Zunächst der schmale Feldweg, geteert, durch feuchte, sumpfige Wiese, hinter dem Brückchen über den Bach, der so manches Mal die Wiese überflutet. Schon bist du im verkehrsberuhigten Bereich mit Poldern am Straßenrand.

Da siehst du sie. Blick nach links. Dir gegenüber, auf der anderen Seite, ja dort vor der Drogerie, eine Frau in engen Hosen, kurzärmeliger Bluse, quellendes Fleisch an Armen und im Gesicht. Du hast sie nie zuvor gesehen. Sieht aus wie ein Schwein, denkst du. Und dann: Kann ja vielleicht nichts dafür.

Blick nach rechts, in die Auslagen eines Schaufensters. Du siehst die Kettensäge dicht vor deinen Augen. Du grinst. SCHLACHTFEST!

Mann o Mann, läuft es dir Augenblicke später heiß und eiskalt über den Rücken. *Ich* habe das gedacht, der ich, ein so netter, liebenswürdiger Mensch (Selbstlob!) bin, der keiner Fliege etwas zu Leide tun kann. Ich habe dies gedacht! O mein Gott, es muss meine schwarze Seite sein, die da kichert und keift: »Morde, metzle, weide dich am Blut deiner Opfer! Wirf die Kettensäge an, zerschneide Menschen in zuckende Fetzen! Dann friss sie auf, roh, gekocht, gebraten!«

Also meldet sich da die dunkle Seite meiner Seele! Oder aber es ist kollektives Erinnern an unser Gestern, als wir noch Menschen aßen. Taten wir das jemals? Bin ich ein Mörder? Steckt der in jedem Mann, in jeder Frau, in jedem Kind, in jedem Menschen?

Chaos

Er ging durch die kleine Stadt, und nichts passierte.

Dann aber überquerte Er eine der vielen Straßen kurz vor einem Auto. Auch auf der anderen Seite kam eins herangerast.

Er aber lächelte nur und erreichte noch immer lächelnd die andere Seite. Ohne sich umzudrehen ging Er weiter.

Hinter Ihm prallten beide Wagen frontal aufeinander. Niemand überlebte.

Niemand sah Ihn. Hätte Ihn jemand gesehen, er würde nichts sagen, niemals. Schweigen oder sterben war die Wahl, die sein Unbewusstes traf. Und würde er es doch jemanden erzählen, so änderte dies auch dies nichts. Denn niemand könnte Ihn aufhalten. Aber was soll's! Es sah Ihn ja niemand. So ging Er lächelnd weiter durch diese kleine Stadt, allein und unbemerkt und unbewaffnet. Die brauchte Er nun wirklich nicht mit sich rumzuschleppen, denn sie fuhren ja vor Seiner Nase spazieren, die Waffen brachten seine Opfer mit.

Und weiter ging Er Seinen Weg, zog sich Seine blutige Bahn durch die Menschenwelt des 20. und 21. Jahrhunderts, unbemerkt und still. Und die Zahl der Autoopfer wuchs und wuchs.

Chinarestaurant

Da sitzt du also wieder nach langer Zeit in einem Chinarestaurant beim Mittagessen.

Kleine Belohnung von mir an mich, denkst du. Es ist geschafft, vollendet, mein Buch: das erste und einzige weltweit über das Brautgeschenk der Spinne. Gut, noch einige Korrekturen, Ergänzungen, Streichungen, zwei Ausdrucke zum Korrekturlesen für Freund und Kollegin ... Aber ich bin durch.

Dann fällt dir etwas anderes auf: diese Ruhe, so friedlich, so paradiesisch in der Mittagshitze - nicht mehr als leise Stimmen, Tellerklappern, mehr nicht!

Nicht mehr?

Zwei Männer in schwarzer Montur kommen die Treppe von den Toiletten hoch. Sie schauen dich nicht an, wenden sich nach rechts, verschwinden um die Ecke.

Schüsse fallen. Schreie, so laut, so kurz.

Du siehst rot - denn jetzt sind sie zurückgekehrt und arbeiten sich methodisch vor. Mann, diese Gründlichkeit! Die lassen wirklich keinen aus! Ein Gast nach dem anderen sinkt nieder in den ewigen Schlaf.

Träum ich?

Du schließt die Augen, reibst sie dir und öffnest sie wieder.

Nichts hat sich verändert.

Doch! Sie tun noch immer ihr Werk und kommen näher.

Die knallen uns alle ab, denkst du endlich. Warum erst jetzt?

Also willst du fliehen - fort!

Erstarrt.

Nun gut, dann eben nicht! Und du wunderst dich nicht über die Ruhe in dir. Jetzt wird sich zeigen, wer ich bin. Sie können mich nicht töten. Jetzt werde ich mich verwandeln in das, was ich immer schon war. Das Schlafende wird erwachen - ein kleiner Gott, auf die Erde verbannt! Und wenn es Satan wäre!

Du verwandelst dich nicht.

Du stirbst.

Du öffnest deine Augen.

Das ist nicht die Erde, auf der ich lebte. *Das* nicht!

Aber was dann?, denkst du und schaust dich um.

Dein Herz*

Dort unten ... Was geschieht da?

Was machen die mit diesem Menschenkörper?

Wer ist das?

Und wer sind sie?

Was geschieht dort unten?

Du schaust hinab ohne Augen. Du hörst ohne Ohren. Schmerzen fühlst du nicht. Du siehst, was sie tun. Du siehst deinen zugedeckten Körper. Mein Gott, sie sägen mir mein Brustbein auf! Und nun die Rippen zur Seite! Ran ans Herz! Reißen sie es heraus? Schenken sie es dem aufgehenden Sonn?

Und anderswo schneidet ein anderer das Herz seines Feindes, noch schlagend, noch zuckend heraus und beißt hinein. Oder aber das Herz des Büffels, den er erlegte.

Irgendetwas tun sie dort. Nähen sie nur? Setzen sie Teile ein?

Du siehst es nicht. Du spürst es nicht. Du verstehst nicht ihre Worte.

*: Zwei Herzoperationen »erlebte« ich tatsächlich. Doch ich erinnere mich nicht, etwas gesehen zu haben, war voll betäubt, in Narkose.

Dieser Stahl schneidet

Dieser Stahl schneidet!, fiel mir ein beim Frühstück am Morgen, gerade als ich mit einem Messer, ziemlich stumpf, Pflaumenmus auf mein Brot schmierte.

Mein Gott!, dachte ich und sah eine leuchtende Klinge.

Welcher Stahl? Wer? Was, was, was schneidet er?

Ich aß, trank Tee, lauschte *City* von Vangelis.

Diese Hand, die den Stahl hält und ... dieser Arm, dieser Körper, dieser Geist und diese Seele! Alle sind mein!

Dieser Stahl aber schneidet *dein* Fleisch, dich, meine Geliebte!

Du willst schreien, doch aus deiner Kehle sprudelt Blut.

Ich aber lache. Und lachend lasse ich deinen noch lebenden Körper fallen.

Dom

Du betrittst den Dom zu Mainz - in deinen Träumen - während dein Körper draußen staunend vorüberschreitet und deine Augen empor in den Himmel blicken ...

Dann hörst du die dröhnende Stimme im Innern des Gotteshauses in dir sprechen: »Willkommen, mein Sohn!«

»Vater!«, schreit deine zuckende Seele den lautlosen Schrei in das Dunkel - denn nur wenige Kerzen brennen hier.

Du kniest nieder.

»Zeit, die Händler wieder aus dem Tempel zu jagen? Zeit, wieder Rituale durch Glauben zu ersetzen?«, fragst du flüsternd.

»Das war!«, donnern Worte in dir.

Alle Lichter erlöschen.

Du aber steigst kniend auf und empor bis unter die Kuppel.

»Licht!«

Dieses eine Wort nur glaubst du zu hören.

Du brennst lichterloh.

Draußen geht ein kleiner Rainar, der alles sieht - in sich -, früh am Sonntagmorgen seinem Vater Sonn entgegen.

Drei Kirchturmspitzen

Dort vor deinen Augen ragen sie auf in der Ferne: drei Kirchturmspitzen.

Du gehst auf sie zu, jetzt an diesem Sommerabend, geht's dem sinkenden Sonn entgegen, dem schwindenden Licht und nicht der Nacht in deinem Rücken.

Das ist alles! So viel, mehr nicht. Kein Monster, keine Tragödie, auch gerade kein Flugzeuglärm über Kaiserslautern.

Du siehst sie einfach und gehst drauf zu und schreibst es ergriffen und tief bewegt nieder.

Du öffnest die Tür

Du öffnest die Tür, ahnungslos, auf ein Klingeln hin.

Rums! Ehe du dich versiehst, bekommst du eine voll in die Fresse. Und noch eine und ...

Du fällst nach hinten - Schmerzen (deine Nase blutet, das Nasenbein gebrochen, die Lippen aufgesprungen, ein paar Zähne raus, alles schwillt an).

Dann die Tritte ihrer Füße in den Bauch, in die Eier, ins Gesicht, während du noch immer am Boden liegst.

Irgendwann ist alles zu Ende.

Stille.

Du öffnest deine Augen ein wenig. Du kriechst von der Küche (dort ist die Wohnungstür, da lagst du für wie lange auch immer) ein Zimmer weiter hin zum alten Telefon neben dem Bett, du wählst die 112. Du schaffst es, deine Adresse hineinzumurmeln.

Die Sanitäter kommen, die haben es ja nicht weit vom Roten Kreuz um die Ecke. Deine Vermieterin, die über dir wohnt, ließ sie rein. Sie versorgen dich, laden dich ein, und ab gehts ins Krankenhaus.

Deine Wunden heilen.

Sechs Monate sind vergangen. Du traust dich noch immer nicht an die Tür, wenn es klingelt. Und dann ...

Irgendwer schließt auf. Du siehst sie wie im Traum, die gleichen Typen, die sie nie erwischten.

Und rums! Ehe du dich versiehst, bekommst du eine voll in die Fresse. Und noch eine und ...

Nein!, schreist du deinen lautlosen Schrei, nicht schon wieder!

Aber es hilft nichts. Keiner ist da, der dich rettet. Sie schlagen dich wieder zusammen ...

Jaja, diese Schreiberlinge, absolut irreal, wem passiert denn sowas wirklich? Das gibt's doch nur im Kino!, denkst du und hast vielleicht auch Recht - oder auch nicht.

Aber andere Dinge gibt es, die sich wiederholen und die dieser Dichter selbst erlebte.

Zum Beispiel: Deine Mithralklappe am Herz ist undicht. Du kommst die Treppe fast nicht mehr hoch, Denken nicht mehr drin, Gedächtnis minimal, ein Buch lesen: unmöglich (da fehlt der Sauerstoff für die kleinen grauen Zellen), Fernseh geht gerade noch. Das Wasser steigt dir aus den Beinen bis zur Lunge. Endlich, nach langem Warten, so spät erst kommst du ins Krankenhaus. Du wirst operiert. Du wachst wieder auf. Du erholst dich langsam. Alles wird gut.

Anderthalb Jahre später: Dein Herz schlägt nach dem Solosex mal schneller, mal langsamer. Was ist denn das für ein Rhythmus oder ist da gar keiner mehr?, denkst du und rufst den Notarzt, faselst was von Infarkt. Der ist es nicht, wie der Bluttest im Krankenhaus zeigt. Du lässt ein Taxi rufen, fährst wieder nach Hause. Dann also wieder mal zum Kardiologen. Diesmal ist es die Aortenklappe, die undicht wurde. Nach dem Katheder dann die »tolle« Nachricht: »Sie kommen nicht mehr nach Hause, Krankenwagen schon verständigt, Bett bereit im Krankenhaus. Aorta stark geweitet und angerissen, kann jederzeit platzen - Aneurysma.«

Und ehe du dich versiehst, bist du schon durch: Operation die Zweite. Auch sie gelingt. Du lebst mit künstlicher Aorta und Klappe weiter.

Manches wiederholt sich also auch im wahren Leben, wenn auch nicht identisch. Die ewige Wiederkehr des Gleichen?

Du schleppst dich zum Telefon. Die hauen nichts in der Wohnung kurz und klein, klauen auch nichts, scheinen nur was gegen mich zu haben, denkst du und wählst den Notruf. Waren es dieselben oder andere? Was ging diesmal bei dir kaputt? Hört das denn niemals auf?

Du stehst auf

Du stehst auf von einem kleinen, schwarzen Tisch im Lokal an der Ecke, diesem bunten, *Kolorit*. Ja, es ist Montagmittag.

»Im Winter etwa, bei Sonnenschein?«, könntest du fragen.

»Ja, ja, so ist es!«, würde ich dir antworten.

Eben noch aber war alles anders. Eben noch war es so:

Du sitzt dort und schreibst. Du schließt deine Augen. Stille. Musik erlischt. Fenster und Wände zerfallen sekundenschnell ohne Laut zu Staub. Nur die Pflanzen bleiben stehen, schweben auf nicht mehr existierenden Fensterbrettern. Und du stehst lächelnd auf.

Alle anderen, die dort neben dir zu Mittag essen, sie alle sind erstarrt. Es ist, als stünde die Zeit still - doch nur für sie?

Du weißt es nicht, aber du stehst auf vom Tisch und gehst, schwebst, gehst schwebend und still durch die Fenster und Wände zwischen pulsierenden warmen Pflanzen - »Hallo!«, singst du ihnen zu - hindurch, dem Licht entgegen, dem Licht dieses einen Wintertages im neuen Jahr.

»Vater!«, singt deine Seele.

Du breitest deine Arme aus. Du schwebst empor auf *seinen* Strahlen. Die Augen hast du längst geschlossen, und auch deine Hände bedecken sie.

Und noch immer gleitest du aufrecht *ihm* entgegen. Hinter dir und unter dir in weiter Ferne liegen Zimmer und Haus und Stadt und Land und Erde.

»Ich komme!«, singt deine Seele empor. »Vater, ich komme zu dir!«

Duell

Oder: Und wenn sie nicht gestorben
sind, so sterben sie noch immer.

Das Bild kennst du ja aus zahlreichen Western:

Zwei Revolverhelden stehen sich gegenüber in einer kleinen Westernstadt, nennen wir sie Laramy.

Alle sind zur Seite gerannt. Alle schauen begierig. Gleich wird es knallen, gleich wird es einen Toten geben, das ist klar, denn einer der beiden, die jeder mit Namen kennt, einer der beiden wird schneller sein, einer der beiden wird siegen.

Alles wartet gespannt. Kein Laut.

Beide ziehen, beide schießen, beide treffen, beide haben ein Loch in der Brust, im Herzen, beide fallen und sterben.

Und der Lärm der Menge ist unbeschreiblich, sie kommen herangerannt. »Unglaublich!«, hört man sie sprechen, »unglaublich! Das gibt's doch nicht! Die sind ja beide mausetot.«

Da, ein Schrei: »Er lebt, er schlägt die Augen auf, er lebt!«

»Der der hier auch!«, ruft ein anderer.

Die Leute glotzen und glotzen sich fast die Augen aus. *So* etwas haben sie noch nicht erlebt. Was es nicht alles gibt!

So schlagen beide die Augen auf. Sie erheben sich. Sie machen sich bereit zum Duell. Wieder stehen sie sich todesbereit gegenüber.

Die Menge hat sich längst in Sicherheit gebracht, steht nun heftig murmelnd an den Seiten der staubigen Straße.

Beide ziehen, beide schießen, beide treffen, beide haben ein Loch in der Brust, im Herzen, beide fallen und sterben.

Und dann passiert es schon wieder: Sie öffnen die Augen im Staub der Straße von Laramy. Jeder sieht den anderen dort drüben sich erheben. Sie machen sich bereit zum Duell.

Wieder stehen sie sich todesbereit gegenüber. Die Menge hat sich wiederum in Sicherheit gebracht, steht nun heftig murmelnd an beiden Seiten der staubigen Straße.

Beide ziehen, beide schießen, beide treffen, beide haben ein Loch in der Brust, im Herzen, beide fallen und sterben.

So geht es weiter ohne Ende. Wie Roboter schießen die beiden Revolverhelden und sterben und schießen und sterben auf dieser staubigen Straße.

Längst hat sich die Menge zerstreut.

Längst ist die Stadt zerfallen.

Doch das Duell geht weiter in diesem öden Land. Immer wieder werden sie geboren, immer wieder sterben sie. Denn sie sind Leben, das Leben. Also sind sie sterblich. Also sind sie unsterblich. Von so kurzer Dauer und doch ewig zugleich.

Durch Mauern

Wie man durch Mauern geht, willst du wissen?

Ach, nichts einfacher als das. Da ist dort oben so einer, der brüllt dich an: »Mensch, los geh! Mach schon und zier dich nicht! Geh jetzt durch die Mauer oder ich schalt dich ab!«

Und du denkst bei dir: Ich kann nicht! So eine Scheiße, ich kann es doch nicht!

Dann siehst du den da oben mit dem Finger drohen - übrigens, er hat gar keinen Körper, also auch keinen Finger - also droht er dir nicht, doch legt er dir diese Worte in den Mund: »Los geh schon! Nur Mut!«

Du murmelst sie still vor dich hin: »Nur Mut, nur Mut, nur Mut! Setzt Fuß vor Fuß. Du gehst und schließt deine Augen.

Dann drehst du dich um.

Hinter dir steht noch immer unbeschädigt die Mauer. Die Leute hier und drüben und überall klatschen und brüllen und grölen.

Du bist durch die Mauer gegangen.

Ja, das erste Mal ist immer so eine Sache.

Efeu

Wer weiß, wovon der Efeu träumt an der alten, alten Häuserwand?

Das fiel ihm ein, während er durch die Frühlingsstadt ging, durch die Straßen dieser einen Stadt.

Autos rasten vorbei. Sonn schien und erwärmte die kalte Luft.

Er setzte sich auf eine verlassene Bank und schrieb diese erste Zeile, bevor er nach Hause ging:

Wer weiß, wovon der Efeu träumt an der alten, alten Häuserwand?

Das Ehepaar

Reißt auf seine Stirn.

Es sucht der zuckende Wurm und windet sich, wittert das andere Opfer, die Frau. Dort gegenüber, am Frühstückstisch.

Und wie sie kreischt!

So ist der Mund Öffnung und Ziel des zuckenden Wurmes. Und das geht rasch!

Er springt hinüber, Blut spritzt, und fährt ihr in den Mund.

Verstummt der Schrei. Sie fällt zu Boden.

Der Mann, so klein, zusammengesackt, so klein wie einst schon mal vor langer Zeit und - mausetot.

Sie aber atmet und lebt - wie auch der Wurm in ihr.

Einklang und Gesang

Nach der Kälte der Nacht.

Jetzt wärmt mich Sonn im Rücken. Ich lausche dem Lied des Amselmannes. Autos rauschen. Auch ein Flugzeug zieht vorbei an meinen Ohren. Ich lese.

Ich lese von der endgültigen Niederlage des 18. Menschen und von der Vollkommenheit des Ganzen. Ich lese Stapledon: *Die letzten und die ersten Menschen,* trinke heißen Capuccino, Schluck auf Schluck und schreibe und lausche in *seinem* Licht vor schräg geöffnetem Fenster. Sitze gemütlich in einem Sessel im Einklang mit den singenden Kakteen dort in der Wärme hinter meinem Rücken.

Endlose Reise

Du sitzt im Zug, RSB, Regional-Schnell-Bahn.

Wo?

In Europa, in Deutschland, in Rheinland-Pfalz. Wie jeden Tag, fast jeden Tag, so auch heute. Du bist unterwegs von deiner Wohnung zur Arbeit. Dann kommt der Tunnel durch die Pfälzer Berge. Der Zug fährt hinein. ... der nie endet, fällt dir plötzlich ein.

Die Lichter gehen aus. Schwärze!

Der Zug scheint schneller zu werden. Blind rasen durch die schwarze Nacht. Rasender Rausch: Rennen - in die Pedale treten, Gas geben - aber doch nicht im Zug?

Für immer und ewig. Ewig!

Du siehst dich knien vor den Statuen der alten Götter. Knien und beten. Nun neigst du dein Haupt in den Staub und betest an die Gottmaschine Bahn.

Dann kommst du heraus in strahlend weiße Helle. Du schließt geblendet deine Augen. Du hältst dich an irgendetwas fest. Unter deinen Schenkeln bewegt sich ein warmer Körper.

Jetzt öffnest du die Augen und siehst - das grüne Land. Du sitzt auf dem Rücken eines braunen Pferdes. Du reitest dem Abendsonn entgegen, nach Westen.

Und du erinnerst dich an ein kleines Boot auf weitem Meer. Auch damals ging deine Reise nach Westen. In einem kleinen Boot dem Abendsonn entgegen. Allein?

Allein!

Aber du erinnerst dich nicht, wie deine Reise begann. Du sitzt in diesem Boot und ..., doch, jetzt!

Einst sahst du einen Film, in dem Menschen ein Boot bestiegen, Menschen aus Irland. Nach Westen ging ihre Reise, dorthin, wo die glückseligen Inseln liegen, nach Westen.

Also nach Westen, denkst du. Meine Reise geht der Dämmerung entgegen. Wenige Menschen nur wissen, was ich morgen am Morgen wissen werde. Denn wenige Menschen reisten allein übers Meer in einem winzigen Boot, allein durch die Nacht.

Das Schlagen der Wellen an die Bordwand. Warmer, warmer Wind, der dein kleines Segel bläht. Und dein Boot, gesteuert von deinem Geist.

Dies aber ist die Ruhe vor dem Sturm. Die Stille in der Nacht - Zeit zu dir selbst zu finden. Einen Morgen aber wirst du hier nie mehr erleben, niemals nie in diesem kleinen Boot auf dem großen weiten Meer.

Erinnern in Schwärze

Einst waren sie ihm eingefallen, einfach so, nur diese beiden Sätze, mehr nicht. Er schrieb sie nieder und hob sie auf, bis sie ihm wieder unter die Augen kamen. Hier sind sie nun:

>Warum schreien die Abgründe so tief?
Wirklichkeit wechselt!«

Jetzt, nach so langer Zeit gab es wohl etwas, musste etwas geschehen sein, weshalb sie ihn magisch so bewegten.

Wo bin ich?, fügte er lautlos hinzu.

Wo und vor allem wer?

Und was geschah?

Er sah sich um. Da waren doch eben noch Lichter, Kerzen und roter Wein und das Warten auf die Pizza und ...

Keine Kerzen, kein Licht, kein Getränk, kein Essen. Nichts als Dunkelheit!

Flossen die Erinnerungen zu einem Einzigen zusammen, das wurde kleiner, immer kleiner und verschwand schließlich in der Schwärze dieser Nacht?

Er tastete mit seinen Händen voran, und dort war - nichts!

Aber ich lebe, aber ich gehe, aber ich bin!, dachte er. Doch wo?

Bin in einem Traum gefangen, den irgendwer, den ich vielleicht träume, irgendwo?

Und meine Augen?

Er ertastet sie in seinem Gesicht. Dort sind sie: die Augenlider geschlossen beim Berühren, und die warmen Augen darunter. Also sehe ich noch? (Aber keine Brille, an die er sich nicht mehr erinnert, keine Augengläser mehr, nie mehr!)

Und weiter geht er, immer weiter, denn der Boden ist eben, nirgendwo Wände, nichts hält ihn auf.

Doch die Schwärze bleibt.

Irgendwann setzt er sich, lehnt sich müde an eine Wand, die warm seinen Rücken umschließt.

Sie lebt!, denkt er, sie pulsiert in meinem Rücken! Und atmet sie auch? Und nimmt sie mich wahr?

Dann schlummert er ein.

Als er erwacht, erinnert er sich nicht mehr an die Menschenwelt und auch nicht an seinen weiten Weg durch die Schwärze. Er öffnet die Augen, und da ist grelles Licht, er schließt sie wieder.

Er öffnet die Augen ein zweites Mal, und da ist Schwärze, er schließt sie ein zweites Mal.

Er schlägt sie ein drittes Mal, zaghaft nun und ein wenig ängstlich, aber auch gespannt und voller Neugier auf, und da ist - eine summende Wiese, und in der Ferne ist Wald und ein See und dort oben erstrahlt der Sonn.

Tag und Sonn!, denkt er. Heuschrecken zirpen.

Irgendwo müssen Berge sein oder Wände, Häuser gar? Denn seine Freunde, die Mauersegler, kreisen dort oben und schreien und sirren vorbei.

So schaut er empor in die Himmel aus Bläue und Licht.

So liegt er in der Wärme der Sommerwiese. Vor ihm im Gras und neben ihm - denn jetzt sieht er sich wieder in der Nähe um - huschen Spinnen vorbei, die der Schatten seiner über das Gras streichelnden Hände erschreckt.

Das ist Erde!, denkt er. Lag ich also schon immer hier und träumte von einer Welt aus Schwärze und endlosem Laufen durch Dunkelheit? Bin ich nun ...

Wo bin ich? Wer bin ich? Was ist geschehen?

Und er erinnert sich nicht, nie mehr, dass der, der er einst war, noch immer in einer Pizzeria sitzt und schreibt, von ihm hier schreibt und seinen zahllosen Abenteu...

(Da kommt die Pizza! Rien ne va plus! Essen ist angesagt.)

Erster Stock, Kurklinik

Alles Gute kommt von oben!

Also gut, es regnet nicht.

Auch keine Blumentöpfe von den Balkons.

Aber wer ist dann das, der da von oben - aus dem 5., 4., 3. Stock? - geflogen kommt?

Unbekannt, auch später nicht erkannt, wohl einer von den Neuen hier in Bernkastel-Kues.

Und diese Landung erst, direkt vor deinen Augen auf das kiesbelegte Dach!

Wow! Das war wirklich - Sptze! (wie es so schön in einer Fernsehshow heißt).

Erwachen

»Wo bin ich?

Ha! Was ist das da neben mir?

Wie … Wie kam ich hierher?

Wer … Wer bin ich?«

Also erwacht! Doch schlief ich denn?

Dämmernde Gedanken. Strom, Strom. Erinnern.

»Sie! Ha… sie! Ja sie!«

Es ist dunkel, so dunkel hier.

Licht. Sehen, verstehen, begreifen.

Das Öffnen der Himmel über und neben mir.

Glas und Glas, nichts als Glas, unschuldiges weißes Glas.

So finde ich mich wieder, in den Container geworfen von ihr, Flasche unter Flaschen.

Erweckung

Eines Tages geschah es. Und es war Mittag. Er saß in der Mensa einer kleinen Universität*.

»Wer?«

Er, der ewige Doktorand.

Jemand spricht ihn lautlos an.

Ich sehe auf vom Essen (Bratwurst mit Pommes und Salat).

»Du weißt noch nichts von dir, aber du erfährst es!«, flüstert einer ihm zu. »Ich bringe dir das Wissen! Kämpfe!« Und schon zieht er das leuchtende Schwert, reißt es empor bereit zum Schlag.

Ich stürze wie der Blitz zur Seite. Erstaunlich, wie schnell ich bin! Auch ein Gedanke wie ein Blitz.

Das Schwert zerfetzt den Tisch.

Dann brechen die Schranken. Licht! Mein Kopf, eine glühende Kugel.

Und sein Schwert zerbricht schon vor dem Kontakt.

Dies aber war sein zweiter Schlag, der sein letzter ist.

Ich gehe auf ihn zu.

Winselnd kriecht er auf dem Boden.

»Du wagst es, träumende Götter zu wecken!«, brülle ich ihn an mit Worten, die niemand je auf Erden sprach.

Der Unbekannte aber löst sich qualmend auf.

Alle sahen es. Alle Studenten und die wenigen Assistenten und Professoren. Dumm schaute die Elite Deutschlands drein. Alles dauerte an. So gelang es mir, unbemerkt zu verschwinden.

Und es begann für mich eine neue Zeit. Grenzenlos und leuchtend in sternenklarer Nacht lag meine Zukunft nun vor mir, die mich rief, die mich rief ohne Ende.

»Ich komme!«, antwortete etwas irgendwo tief in mir, »ich komme!«

*: Universität Kaiserslautern, heute TU Kaiserslautern

So wurde aus dem großen Nichts ein kleines Etwas, nicht mit einem Mal, sondern nach und nach. Dies aber, wovon ich dir erzählte, war der Tag, an dem alles begann, der Augenblick, als das Schlafende erwachte.

Etwas im Licht

Einen Augenblick lang nur schaust du in *sein* Licht, keinen Augenblick mehr: Du schließt die Lider.

Etwas siehst du mit geschlossenen Augen glühend sich drehen.

Was?

Staunend - offen steht dein Mund - öffnest du die Augen.

Da ist nichts!

Und erst am Abend schreibst du es auf und weißt noch immer nicht, was es war.

Kein Leben! Kein Schwert! Aber eine Maschine, die es jetzt und hier nicht gibt. Doch irgendwann und irgendwo?

Etwas, das schwebt und sich dreht und glitzert und seine Energie aus dem Sonn bezieht oder in ihm fliegt?

Feuer und Schnee

Ein sonniger Tag, noch kalt, aber überall dieses leuchtend silberne Glitzern - Diamanten auf Schnee. Dort gehst du, dick vermummt.

Dann siehst du dich fallen, kopfüber, Kopf voran. Zeitlupensturz. Deine Haare stehen dir zu Berge, starr wie Stacheln, angezogen und ausgerichtet von *ihm* dort oben im ersten Augenblick deines Falls. Immer mehr aber stürzt du nun Mutter Erde zu.

So ist es! Das ist es, was du siehst. Das ist es, was du dir erträumst. Das ist es, was du lebst. Dein Sturz in Eiseskälte. Dein Wintersturz in Tagesmitte und ... deine Haare / Stacheln brennen lichterloh! Doch da ist kein Schmerz. Eingehüllt in kaltes blaues Feuer sind Kopf und Haar. So brichst du ein, Haar voran in den festgefrorenen äußersten Mantel von Mutter Erde. Schwärze.

Irgendwann kommen die anderen Patienten der Kurklinik von Bernkastel-Kues hier auf ihren Spaziergängen durch den Park vorbei.

»Da!«, starren staunend ihre offenen Münder: »Dada! Da steckt einer mit dem Kopf im Schnee!

Oder ist das etwa Kunst?«

Die Fliegen begrüßen Gottes Tod

Jetzt hatten sie freie Bahn.

Niemand würde sie mehr verjagen, niemand würde sie fangen, denn ihre Todfeinde saßen eingesperrt in Kunststoffkästen und mussten hungern (Darauf allerdings verstanden sie sich ganz gut). Deren Herr, der tausendfache Tod für Fliegen, da er sie fing und seinen Kindern zum Mahl servierte, dieser Spinnengott war tot.

Irgendwie hatte es ihn erwischt. Dort lag er in der Küche bei offenem Fenster, Ende August. Und es war warm und trocken und wunderschön, erstaunlich, wo es doch so oft in diesem Sommer regnete.

»Gott ist tot!«, brüllten die kleinen Teufel und kicherten und kamen in Scharen. All die großen und kleinen Fliegen von der Art, wie sie Gott einst aufgezogen und verfüttert hatte an seine Kinder: dicke schwarze Brummer, goldgrün schillernde Fliegen und viele mehr. Sie kamen in Scharen und legten ihre Eier in die Ritzen und Öffnungen seines Körpers.

Und nun ist Gott bedeckt von wimmelnden Maden, die sein Fleisch durchpflügen, die ihn zerfressen, die sich unter ihm und neben ihm zurückziehen in Puppenhüllen, um zu werden wie ihre Eltern, um sich in fliegende Wesen - Fliegen zu verwandeln.

Später fanden die anderen ihn, der da gestorben war. Sie fanden keinen Gott, sondern einen Menschen, eine von weißen Maden, vom Weißen Wurm bedeckte Leiche. Ach, wie tief war er im Tode gesunken! Die Würmer hatten ihn gefressen, ihn, den zu Lebzeiten noch als Wissenschaftsgenie gepriesenen Gott der Biologie.

Doch, ob Affe, Mensch oder Gott, er blieb dem Kreislauf der Erde erhalten. Er blieb Erde, geboren aus Erde, geboren als Mensch, wiedergeboren in fliegenden Wesen.

Summend stieg er nun auf in tausendfacher Gestalt, brummend erhob er sich von den Puppenhüllen in den Morgen eines neuen Tages, eines warmen Sommertages.

Und all diese Fliegen wussten nichts von den Feinden, die da draußen auf sie lauerten. Sie lebten einfach, bis sie starben. Manche fanden zusammen und paarten sich. Und wieder suchten die Weibchen einen geeigneten Ort für die Ablage ihrer Eier, wieder suchten sie Leichen größerer Tiere oder Menschen. Denn ihre Kinder würden hungrig sein, mussten fressen nach dem Schlüpfen.

So lebte sein Fleisch fort, auch in Spinnen, die viele dieser Fliegen aus seinem Fleisch fingen und verspeisten.

So lebte er fort, wie schon seit Anbeginn der Evolution des Lebens.

Nun weißt du es. Endlos ist der Kreis deines Fleisches auf dieser Erde und in allen Welten und Kosmen.

Fliegen und ster...

Eines Morgens war es, eines Morgens geschah es.

Frisch und munter war er gerade aus der Dusche gekommen, die sich in seiner Küche befand, und sah aus dem Fenster.

Klare Sicht. Tief unter ihm eine nasse Straße. Er wohnte weit oben unter dem Dach. Jetzt stand er auf dem Sessel. Ja, das ist es!, dachte er.

Dann stieg er herab und ging so weit zurück wie möglich, nahm Anlauf und stürmte voran, stieß sich vom Boden ab und flog über die Fensterbrüstung, flog kopfunter hinaus und hinab.

Fliegen und sterben, das ist es!, dachte er. Wer kennt das noch?! Dieses Gefühl zu fallen, rasend, blitzschnell und doch endlos!?

Fliegenträume

Ein Poet in einem kleinen Zimmer unter dem Dach. Ja, den gab es einmal, gibt es, wird es immer wieder geben, solange es Dächer und Menschen gibt. Doch eine zappelnde Fliege unter der Decke, solch eine Fliege?

Du öffnest die Augen: Wo bin ich?

Ein seltsamer Geruch. Überall Summen und Brummen. Deine Beine zappeln in der Leere, aber die Flügel bewegen sich nicht, kleben fest. Nur die Schwingkölbchen summen im Kreis. Also kein Start, kein Fliegen! Kann meinen Kopf bewegen, schaue mich um. Diese Farben, die ich nie zuvor sah. Für kurze Zeit ein Facettenbild der Welt! Dann sehe, höre ich all die anderen, die da hängen an dieser so lecker duftenden Masse.

Ob sie es jemals begreifen werden, in der Zeit, die ihnen noch bleibt?

Ich aber weiß, was das ist. Denn einst sah ich hoch. Damals als Menschenjunge fragte ich, ob es giftig ist, ob es schnell tötet. Damals, zuhause auf dem Lande, wimmelte es im Sommer von Stubenfliegen. Was kaufte meine Mutter also? Fliegenfänger, herausgezogen, entrollt, an einen Nagel gehängt oben unter die Zimmerdecke. Und ich, der ich alle Tiere so liebte, der ich keiner Fliege etwas zuleide tun konnte, sah hinauf, hörte sie alle summen und brummen, sah sie dort oben zappeln. Also ist es wohl doch kein Gift, dachte ich damals, nur süß und lockend und klebend, hält sie fest. Tierquälerei!

Und nun bist du nicht mehr Mensch, sondern Fliege? Wie konnte das geschehen?

Kein Menschenkopf, kein Menschenpiepsen aus dem Spinnennetz, kein gelungenes und doch verunglücktes Transmitterexperiment! Und kein Zappeln mehr!

Aber du träumst ein wenig noch Menschen-, nein nun sind es Fliegenträume, die du träumst, während du langsam stirbst.

Für das Beste im Mann

Diese Werbung! Reklame hieß das einst, dann auch mal Verbraucherinformation. Werbung für Rasierklingen oder so'n Rasiergerät. Fängt mit G an und hört mit LETTE auf. Irgendwo ist da noch ein I drin. Na wo wohl?

Irgendwann war es ihm aufgefallen, und er dachte: Spinn ich? (Manch einer, der ihn ein wenig kannte, würde jetzt sagen: »Klar doch, Mann, du tust es!«). Oder ist die Welt aus den Fugen geraten?

Du singst ihn mit, den Ohrwurm, aber dieser Text!

»FÜR DAS BESTE IM MANN!«

Sind Bartstoppeln das Beste am Mann?

Oder ihr Verlust?

Und erst dieses »im«, nicht »am«, also nein!

Also ich stell mir das so vor: Frau nehme eine Klinge und dann hinein mit ihr in sein Herz, sein Hirn und - manch ein Mann hält ja seinen Schwanz für das Beste - also ab damit. Mit dieser Klinge kein Problem!

Oder sollte man Werbung doch nicht so wörtlich nehmen?

Geburt

Das fiel ihm ein, unterwegs in Bernkastel-Kues: Und mit jedem Schritt die kleine Fußgängerbrücke hinauf, mit jedem Schritt, jeden Augenblick wurde heller das Leuchten seiner Kleidung, seines Körpers, seines Geistes und seiner Seele.

Und oben, ganz oben, dort, wo alle Wege führen hinab, steht still ein zweiter Sonn: strahlend unter *seinem* Licht, der brennt von weit.

Vater!, singt das kleine Licht sein Sehnen empor, steigt träumend auf ohne Laut.

Und nichts bleibt zurück auf Erden von ihm, den Heimat rief »nach Hause«.

Hände hoch!

»Hände hoch! Keine Bewegung!«

Der Mörder riss die Hände hoch und ließ das Messer fallen.

Die Bullen schossen.

Der Mörder starb.

»Pech für dich, Bursche!«, meinte einer von ihnen, als er sich über die Leiche beugte. »Immer dasselbe mit denen, können einfach nicht hören. Zu dämlich! Oder wollen nicht, weiß auch nicht, was die haben. Tun nie, was man ihnen sagt.

Da brüll ich noch: ʻKeine Bewegung!ʻ

Hast's ja gehört, laut und deutlich.

Und was macht der da, na? Was macht dieses Schwein? (Fußtritt in den Bauch des Toten) ... Hab' ich was von ʻFinger-bewegenʻ, ʻHand-öffnenʻ, ʻMesser-fallen-lassenʻ gesagt? Hab' ich?

Nee, nie und nimmer!«

Die Hand

Und all die rauchenden Trümmer dort unter mir! Ich sehe sie, und Trauer steigt auf. Hätte ich noch Augen, ich weinte Tränen in die Nacht.

Irgendetwas ist passiert.

Ich kenne die Hand, dort unterhalb der Flammen, die da aus den Wagentrümmern steigen. Ich kenne sie, diese leblose Hand, die dort aus zerbrochenen Scheiben lugt. So aber sah ich sie nie zuvor, so nicht!

Was ist geschehen?

Noch müsste ich mich erinnern können. Ja, jetzt weiß ich, was geschah. Dort unter mir liegen brennend und rauchend die Trümmer zweier Züge. Und die leblose Hand gehörte mir.

Ich aber, nun körperlos, steige auf - oder falle ich?

Alles wird so klein, so fern. Alles verschwindet hinter aufsteigenden Nebeln - Rauch?

Irgendetwas geschah.

Keine Erinnerung, nur Gegenwart, nur Augenblick, nur Jetzt. »Ich bin!«, flüstert es in mir - sage ich? »Ich bin!«

Andere Stimmen singen dort vorne.

Ich komme!, denke ich ihnen zu.

Harfner im Wind

Dort sah ich ihn stehen - still - ein Leuchten in flimmerndem Licht, dort, wo einst wuchsen Eichen und Buchen, dann Acker und Wiesen lagen, und heute: die Häuser der Stadt.

Dort stand er und ließ singen die Saiten: Aeol, Harfner im Wind.

Doch die Menschen hatten keine Zeit zu lauschen. Liefen vorbei, ohne zu sehen, liefen durch sein weißes, flimmerndes Kleid hindurch, ohne zu fühlen.

Ach, wie blind wir Menschen doch sind!

Ich aber sah zu ihm auf, voller Sehnsucht, sah seine Hände zupfen die Saiten, lauschte still dem säuselnden Klingen, wurde Teil seiner Stimme und ... verstand.

Höret!

»Höret meine Stimme!«, rief er in den dämmernden Morgen. »Höret mich an!«

Doch niemand war da.

Doch alle, die vielleicht dagewesen wären, trugen Stöpsel in den Ohren, nun ja, *In ear headphones*, wie sie neudeutsch heißen. Einst kamen die Lieder aus den Walkmen, die sie bei sich trugen, jetzt aber sind es Handys, aus denen es dröhnt.

So hörte ihn niemand.

Und was er zu sagen hatte, was er sagte, bevor er starb, ging menschlichen Ohren verloren für alle Zeit.

Und deshalb kann ich es dir auch nicht erzählen.

Husch

Verwundert bleibst du stehen mitten in der Fußgängerzone. Da war doch ein Schatten, Huschen, dort um die Häuserecke rum.

Du schaust dich um.

Niemand sonst reagiert. Alle anderen rennen weiter. Diese Wahnsinnsgeschwindigkeit!

Ja, jetzt erinnerst du dich an die Kammspinne aus Südamerika, die du einst von der Uni Frankfurt mitbrachtest und die dir damals beim Fotografieren aus dem Behälter entfloh: wie ein Blitz! Da warst du sprachlos vor Staunen - einfach baff. Doch du fingst sie wieder ein. Unter der Schreibtischschublade saß sie. Spinnen sind eben keine Langstreckenläufer!

Aber das hier war keine Spinne, viel größer war das und von Menschengestalt. Und schneller! Gerade noch als Bewegung zu erkennen. Warum aber sah es niemand außer mir? Trugbild? Wachtraum?

Du gehst weiter auf deinem Weg zu Post, Sparkasse und Supermarkt, du gehst weiter deinen Alltagstrott. Doch den rasenden Schatten wirst du niemals mehr vergessen.

Halt!

Hitze steigt auf. Etwas fällt dir noch ein, ein Zitat aus einem Film mit Namen *Jacob's Ladder:* »Da waren überall Dämonen« (mit rasend rotierenden Köpfen), »und ich brannte im Eis!«

Brennend siehst du dich durch Mauern schreiten auf der Suche nach dem rasenden Schatten.

Ich habe es getan!

»Ich habe es getan!«

»Was? Was hast du getan? Sag uns doch, was du getan hast?«

»Ich habe es getan! Könnte es euch erzählen, vielleicht. Aber es ist eine lange Geschichte, eine lange, lange Geschichte. Und so werdet ihr es nie verstehen. Niemals werdet ihr auf diese Weise verstehen, was ich tat. Nur *der*, der es getan hat, so wie ich, nur der kann es vielleicht erfühlen. Verstehen kann auch er es nicht. Also werde ich es euch nicht erzählen. Nein, es hat keinen Sinn. Ich habe es getan. Und ihr werdet nie erfahren, was es war.

Ach Nebel! Nebel steigen auf und Wellen ... Das Meer! Nebel über endlosem Meer und das Rauschen der Wogen. Ein Gräsermeer und der Westwind, der die Halme knickt, der ewige Wind vom Meer, der die Wolken, das Wolkenmeer treibt nach Osten, wo Sonn erscheint am Morgen, der mich sah bei meiner Tat im Mittag meines Lebens.

So habe ich es getan und vergaß in den Nebeln und dem Rauschen und dem Winde, ach, vergaß die Tat. Also kann ich es euch nicht erzählen! Niemals nie! Doch eins ist sicher: Ich habe es getan!«

Ich sehe *ihn*

Ich sehe *ihn* durch das Fenster des fahrenden Zuges am Morgen. Ich schließe die Augen.

Diese Flut von Licht!

Der schwarze Raum bricht auf.

Ich schaue Sonn in mir und sehe mich lachend tanzen und weinen zugleich.

Dann wird alles strahlend weiß.

Ich schließe auch das innere Auge.

Jetzt sehe ich schwarze Sonnen kreisen dort in schwarzen Galaxien.

Das ist das andere All, das hinter dem »unsrigen« liegt.

Im Takt

Was ist geschehen? Ein Traum? Ein Traumprogramm?

Du erinnerst dich nicht, an nichts.

Wer bin ich?

Aber du findest dich wieder in einer endlosen Reihe von Menschen aller Rassen, Groß und Klein, Jung und Alt, Frau und Mann. Und du bist mittendrin!

Bewegung im Takt: rechte Schulter hoch, dann die linke, Kopf nach hinten, Schritt vor. Und langsam sinkt alles wieder in die Ausgangslage zurück. Dann wieder Bewegung im Takt: rechte Schulter hoch, dann die linke, Kopf nach hinten, Schritt vor. Und langsam sinkt ...

Du löst dich von deinem Menschenkörper, steigst auf, blickst jetzt von oben herab. Vogelperspektive.

Jetzt erst siehst du die Reihen und auch deinen Körper mittendrin.

Jetzt siehst du ohne Augen, seltsam, jetzt siehst du, *was du vorher schon wusstest.*

The Wall*, denkst du, aber wir sind doch keine Schüler mehr! Da ist auch keine Mauer weit und breit, nur Wüste, kahles Land - Gottlob, auch kein Fleischwolf in Sicht!

Jetzt bist du wieder vereint: Körper und Geist, jetzt bewegst du dich wieder im Takt: rechte Schulter hoch, dann die linke, Kopf nach hinten, Schritt vor. Wie glücklich du bist, nicht mehr allein zu sein. Freudig nimmst du wieder Teil am Fortschritt der Menschheit.

*: Der Film zur Musik *The Wall* von Pink Floyd.

Im Zug

Er saß in der Bahn und sah durchs Fenster hinaus in den Morgensonn dieses warmen Julitages. Da hörte er den Ruf.

Er legte sein Buch - Golding: *Der Herr der Fliegen:* ein Roman, in dem einer mit einer starken Zerstreuungsbrille (kurzsichtig!) Feuer entfacht, erstaunlich, welch fantastische Ideen Nobelpreisträger so entwickeln! - er legte also sein Buch zur Seite und schloss die Augen und sah.

Er sah den Kreis von Wesen (Menschen?) mit erhobenen Schwertern. Sie hielten sie ins Zentrum des Kreises und in den Himmel gerichtet, an den Spitzen vereint dort oben, leuchtend im roten Licht des untergehenden Sonn.

So standen sie da, der Tag verging.

Jetzt glänzten die Klingen im bleichen Licht der Vollen Mondin. Erstarrt, als wäre für sie, doch nicht für die Welt ringsum, die Zeit stehen geblieben, als warteten sie auf irgendwas, auf irgendwen. Jetzt erst fiel ihm die Lücke auf: unten unter den Menschen und oben im Kreis der leuchtenden Schwerter. Von dort kam ja der Ruf. Jetzt verstand er: Sie warteten auf ihn. Irgendwo zu irgendeiner Zeit. Vielleicht einst auf der Erde vor Tausenden von Jahren, vielleicht.

Seine Zeit aber war noch nicht gekommen. Er fuhr weiter im Zug von Kaiserslautern Richtung Bernkastel-Kues

Was für Dinge geschehen?!, dachte er. Erst die hübsche Frau auf dem Weg zum Bahnhof (die er aber nicht ansprach, ärgerlich, ärgerlich! - oder auch nicht?), dann dieses Bild im Zug.

Wieder nahm er sein Buch in die Hand. Doch konnte er jetzt, nach all dem an diesem warmen Sommermorgen noch weiterlesen?

Immer wieder

Und immer wieder! Immer wieder schlägt er ihm in die Fresse. Gegen Abend vielleicht, also bei Tag und nicht in der Nacht. Strahlt Sonn durchs Fenster.

Mein Gott, es ist doch ein Kind! Sein Sohn, vielleicht?

Er hat den kleinen, siebenjährigen Körper mit seiner Linken fest im Griff, mit der Rechten schlägt er zu.

Du siehst das alles. Warum tust du nichts?

Läuft da etwa nur ein Film? Wie solltest du dann etwas ändern können!?

Oder bist du starr vor Entsetzen?

Du weinst.

David gegen Goliath?

Nein! Dieser David hat keine Schleuder in den Händen. Dieser David wird auf dem Schlachtfeld bleiben. Dieser David wird bald in der Erde ruhen.

Du weinst.

Du kommst näher und begreifst, was deine Augen hinter Blut und zerfetztem Fleisch, gebrochenen Knochen nicht sehen können.

Ich bin der Junge in seinen Händen. Gerade eben starb ich mit gebrochenem Genick und eingedrücktem Schädel. Ich bin das Opfer. Deshalb weine ich!

Doch wie kann das sein?

Wie kann ich dies von außen sehen, Zuschauer und zugleich das Opfer sein?

Aber es kommt ja alles noch viel schlimmer.

Denn jetzt ist er erschöpft, der Mann, der Mörder, das Monster lässt seinen Sohn auf den Boden fallen wie einen nassen Sack und sich in einen Sessel.

Und ich sehe ihm in die Augen, die er nun schließt, und sehe sein Gesicht und seinen Körper.

»Oooh, ich bin er!!!«, schreie ich! - schreie ich?

Von irgendwoher kommt nun doch - zu spät, viel zu spät - eine helfende Hand ins Bild. Und du weißt, es ist deine ...

Ja, jetzt weißt du es, jetzt verstehst du alles:

»Ich bin das Opfer, ich bin der Täter, ich bin der, der zuschaut und nichts tut, ich bin der, der die Hand ausstreckt und helfen will. Und ich bin der Schreiber dieser Bilder. Aus mir brach all dies einst hervor.«*

*: Und jetzt bin ich auch noch der einzige Leser!

Irgendetwas

Irgendetwas rast vorbei.

Hinter deinem Rücken?

Hinterrücks! Du siehst es kurz aus den Augenwinkeln, erkennst es nicht. Es ist so schnell!

Was will es von mir?

Irgendetwas rast vorbei.

An deinen Ohren, von rechts nach links nach rechts, kreisender Sound. Dolby surround?

Hat mich umzingelt!

Mein Gott! Ich schreie! Und niemand wird es sehen. Und niemand wird mich hören. Und niemand wird mir helfen. Was soll ich tun?

»Mami, was macht der Mann da?«

»Komm weiter! Er träumt.«

Einer steht dort unten mitten in der Fußgängerzone, die Augen weit aufgerissen. Nein, er träumt nicht. Entsetzen!

Doch jemand träumt, träumt von ihm, erträumt ihn sich ... und das Kind und all die rasenden Passanten und die Stadt und ... das, was niemand sieht außer ihm, was da rasend ihn umtanzt.

Die Jagd

»Dort sind sie! Knallt sie ab! Los, macht schon, knallt sie doch endlich ab! Die oder wir! Also die!«

»Klar doch!«, meinte ein anderer.

Schüsse. Menschen schrien getroffen auf, stürzten zu Boden. Andere rannten hinkend, humpelnd weiter. Einige entkamen in das Dunkel der Gassen dieser Stadt.

So brachen sie alle auf zur großen Jagd.

»Flieht! Lauft in die Berge! In die Wälder!«, schrie eine von denen, die gejagt wurden.

»Und dann kommt einzeln und verkleidet wieder. Mischt euch unter sie! Seid wie sie! Steckt ihre Männer an! Steckt ihre Frauen an! Infiziert die Blutkonserven mit dem Virus. Rächt euch für den Tod eurer Brüder in Ebola und Schwestern in Aids.

Der Junge

Du trittst auf die Bremse.

Eben noch leicht träumend am Morgen in deinem glitzernden Wagen. So plötzlich erwacht.

Du schaust dich um.

Alle Autos stehen: die hinter dir, neben dir und die auf der anderen Seite, die dir entgegenkamen. Alle stehen still. Ein fünf Meter breiter Streifen quer über die Straße vor dir bleibt frei.

Dann siehst du ihn aus der Haustür kommen. Lächelnd schreitet er stolzen Hauptes über die Straße: ein Junge von vielleicht dreizehn Jahren.

Du schüttelst den Kopf, reibst dir die Augen. »Diese Träume!«, sagst du. Dann startest du wieder, wie alle anderen auch. Und du vergisst, wie auch alle anderen vergessen.

Karton

Jetzt weinst du. Und niemand fragt dich: »Warum weinst du?« Denn niemand ist da neben dir.

Also frage ich mich flüsternd, denn allzu oft spreche ich mit mir selbst: »Warum weine ich? Sah ich nicht eben eine Frau, einen Mann, ein Paar zusammengekrümmt in einem Pappkarton, der steht da in den Straßen einer kleinen Stadt, einfach so da: so klein dort vorne. Aber doch nur in einem Videoclip!?«

So viel Müll auf der Straße! Du wunderst dich. Wie komme ich hierher? Wo bin ich? ... Waren da nicht gerade noch Musik und Bilder? Lag ich nicht eben noch auf meiner Couch vor dem TV? Also ist alles nur Film, nur Traum, nur Fantasie!?

Jetzt aber ist alles verblasst. Du stehst noch immer auf der Straße, die da so leer am Abend liegt vor deinen Augen, und du erinnerst dich nicht. Große Kartons unter dem Müll, stehen aufrecht da. Etwas sitzt darin.

Also gehst du näher ran, schaust hinein und siehst - eine junge Frau und einen jungen Mann. Nackt. Sitzen eng aneinander geschmiegt.

Die Liebenden!, denkst du voller Wehmut zurück. Ja, es ist warm und wärmer noch zu zweit so eng, so dicht beisammen. Jetzt bist du ihnen ganz nahe, schaust voller Neugier hin, siehst sein Gesicht und wirst so blass und starr. Und staunend denkst du: Es ist meins. *Ich* bin dort? Oder wer ist er mit meinem Gesicht? Und ist er ich, wer bin dann ich, der ich ihn sehe?

Und während Gedanken dieser Art in dir rasen und während da Wahnsinn zu wachsen beginnt aus tiefsten Tiefen, siehst du *ihr* Gesicht. Und ... es ist meins! Ein wenig anders zwar, eben weiblich, aber doch erkenne ich mich wieder. Also bin ich zweimal dort, Mann und Frau und jung und liebend. Und wer nun bin ich, der ich dies alles schaue?

Wir schauen hinaus aus unserm Haus. Schau!, sprechen unsere Gedanken uns zu. Sieh da, ein Mensch! Wie lang ist's her, dass wir einen dort draußen sahen!? Ach, jetzt kommt er ja näher, hat uns in unserm Heim erblickt. Klein, aber mein und nur aus Pappe, nur Karton. Was brauchen wir mehr, wo wir die Liebe haben?

Jetzt ist er da.

Wir sehen ihn an, der seltsam schnell erblasst. Wir erkennen ihn. *Er* ist *wir*. So alt, so hässlich, so voller Falten und ohne Haar auf dem Kopf, so voll der Bart, aber mit wunderbar leuchtenden blaugrauen Augen! Stumm schaut er uns noch immer an.

Wir denken ihm zu: Ruhig! Still! Ist ja schon gut. Alles ist gut! Wir sind ja bei dir. Wir alle sind nun zusammen. Wir alle lieben dich. Komm!

So neigt er seinen alten stinkenden Körper und kriecht hinein in unsere Schachtel, denn längst ist der Karton geschrumpft auf Streichholzgröße. Und weiter schrumpft die Welt um uns.

Und nun sind wir alle beisammen. Und alles ist gut. Eins sind wir: Frau und Mann, Jugend und Alter, Mensch und ...

Alles ist gut!

Die Kraft der Gedanken

ZEIT: Unterwegs zur Arbeit, in der dunklen Frühe eines Wintermorgens.

TATORT: Unterführung zu den Gleisen des Bahnhofs von Kaiserslautern.

Ein schwarzes Wesen tritt hervor aus der Wand.

Mein Schwert!, der Gedanke in mir. Denken und Handeln sind eins. Ich ziehe. Leuchtend bricht es hervor aus den anderen Räumen, meinen Träumen. Blitzschneller Schlag. Der Kopf des schwarzen Wesens fällt. Ströme von schwarzem Blut sprudeln empor, spritzen zischend wie Säure auf Boden und Wände. Zuckender Körper bricht zusammen, fällt auf den Boden aus Beton und löst sich auf. Auch sein Kopf verschwindet. Nichts bleibt, alles ist wie ein Spuk.

Der spinnt!, denken einige Passanten, als sie sehen, wie ein junger Mann seinen rechten Arm blitzschnell nach rechts bewegt, die Faust um nichts schließt und den Arm nach links reißt. Der tut ja so, als hielte er etwas in der Hand! Zuviel gesoffen oder völlig plemplem! Sonst sehen und hören sie nichts.

Doch ich stecke mein Schwert zurück in die anderen Dimensionen. Wieder einmal hat es mich gerettet, mein imaginäres Schwert gegen den imaginären Feind.

»Mama!«

Sie hörte ihr Kind schreien irgendwo im Nebenzimmer. Komme gleich!, dachte sie und fuhr mit ihrer Arbeit fort. Doch ihre kleine Tochter schrie noch immer.

Dann der Gedankenblitz, Schock, aus Mutterinstinkt heraus: O mein Gott, etwas geschieht mit ihr. Jemand ist dort und will sie holen. Schnell hin, hin zu ihr!

Konnte sich aber nicht von der Stelle rühren, stand wie angekettet am Küchentisch.

Und Karolin hörte nicht auf zu schreien.

Ein Albtraum! Muss ein Albtraum sein! Schlafe noch, und meine Tochter schreit in meinen Träumen ... Doch wenn nicht? ... Wach auf! Wach auf! WACH AUF!

Aber sie konnte nicht aufwachen aus diesem Alb. Denn sie war wach und stand noch immer wie angewachsen am Küchentisch. Und ihre Tochter rief mit immer leiser werdender Stimme: »Mama!«, glaubte sie zu hören, obwohl sie bisher immer nur »Papa« sagte.

»Mama!«, rief Karolin ein letztes Mal. Dann war Stille.

Jetzt erst konnte sie den rechten Fuß vorsetzen, dann den linken, begann zu gehen, zu laufen, raste aus der Küche und wusste, dass sie zu spät kommen würde, sprang den Flur hoch und hinein ins kleine Kinderzimmer: »W...w...wo?«

Ein leeres Bettchen. Karolin war verschwunden. Nirgends ein Laut, nirgends eine Spur. Schluchzend brach sie zusammen über dem Geländer des Bettes, den Kopf in die Kissen gehüllt.

Und auch die Suche aller Verwandten und Bekannten und der Behörden in den Stunden und Tagen danach, und die Suche im Fernsehen, alles blieb erfolglos. Niemand hat seitdem das Mädchen wieder gesehen.

Das jedenfalls fiel dem Dichter damals ein, als er noch Azubi war in der Buchhandlung Franck in Winnweiler. Wie er da wohl drauf kam? Ob da wohl ein Baby war, das Karolin hieß?

Marionette

Eine Marionette mitten in der Fußgängerzone von Kaiserslautern.

Er hielt sie und ließ sie tanzen, umringt von Kindern und Eltern.

Auf dem Weg zur Sparkasse sahst du sie kurz sich wiegen zur Musik aus Lautsprecherboxen. Du gingst vorbei. Noch viel zu erledigen, bekannt, bekannt!

In Gedanken aber bliebst du stehen mitten im Kreis, einer unter vielen, einer von denen, die neugierig schauen, voller Faszination, Erinnerung an magische Zeiten.

Zeit vergeht.

Irgendwann schaust du auf.

Hast du es je getan unter Menschen?

Du erinnerst dich nicht.

Dann siehst du so fern über dir eine ungeheuer große Han... Oh! Und ... die Fäden!

Warum sehen die anderen sie nicht?

Denn auch bei ihnen ...!

Sie alle kommen aus dem Nichts, aus Schwärze, fallen hinab in deinen Kopf, deine Schultern und Arme, Hände und Beine und ...

So bleibst du stehen mit erhobenem Kopf. In dieser Welt, die du eben dir erschufst. Dein Körper aber hat die Kreissparkasse längst erreicht, steht jetzt in der Schlange vor den Kontoauszugsdruckern.

Das Messer

Er wusste, was man tun kann mit einem Messer. Er tat es!

Du kannst dir Brot abschneiden.

Er schnitt sich Brot ab.

Du kannst Butter draufstreichen.

Er hatte keine Butter.

Du kannst eine Scheibe Wurst abschneiden.

Er kannte sie vom Sehen.

Dann kannst du mit einem Messer einen Menschen bedrohen. Du kannst ihn aber auch töten.

Er tötete Menschen mit seinem Messer.

Etwas oder auch viel später durchbohrte ihn das heiße Metall der Geschosse.

Und er blieb am Boden liegen - tot.

Mitten hindurch

Schon wieder so ein Laternen..., ach nein, das ist ja eins dieser zahlreichen ..., eins aus dem Verkehrsschilderwald.

Du gehst darauf zu. Diesmal weiche ich nicht aus. Diesmal nicht!, denkst du träumend, davon träumend, dass es einmal geschehe.

Dann breitest du deine Arme aus und - gehst hindurch, mitten hindurch.

Morgendämmern

So früh! Selten bist du so früh aufgestanden, um *ihn* zu sehen, seine Wiedergeburt zu erleben. Dort steigt *er* auf, der Sonn!

Und du gehst staunend *ihm* entgegen.

Denn es dämmert der Tag. Und die Nacht geht dem Ende zu. Und all die kleinen Wesen, die sind wie du, erwachen und erheben sich zwitschernd und jubilierend aus ihren Träumen.

Morgenlied

Ein Lied am Morgen. Ein Song in seinen Ohren. Er dreht den Verstärker weiter auf. Aus den Boxen singt der Sound.

Tief dringt er ein in seinen Bauch, sein Herz, sein Hirn. Und seine Seele singt. Auch wenn sein Geist die Worte nicht versteht.

Sein Mund hört auf zu kauen. Noch aber trinkt er seinen schwarzen Tee.

Den Gang zur Arbeit?

Vergessen.

Alles lauscht!

Und dann ein Summen. Wächst an zum Dröhnen. Dein Schädel vibriert. Dein Herz zittert. Dein Bauch bebt.

»Ich!«, schreit es in dir, verklingt so fern, so fern: »Ich ich ...« Erde bebt. Meer brandet an seine Ufer. Und die Wellen greifen nach dir.

Lass dich fallen! Lass dich gehen! Werde eins!, denkt da irgendwo ein letztes Mal ein letzter Rest von dir.

Dann ist da nur noch weißes Rauschen im Äther. Grauer Nebel. Schwarzer Raum. Singt ein Lied, singt, verklingt.

Wir tanzen durch die summende Nacht.

Musikvideo von der Ernte

Du nimmst es auf. Das klang früher doch ganz anders, denkst du verwundert. Aber da steht *Genesis* eingeblendet in die Bilder dieses Musikvideos.

Ach ja, die Bilder: Ein großer Mann in schwarzem Mantel geht durch die Stadt, und alle Menschen, an denen er vorübergeht, fallen um.

Sehr beeindruckend, denkst du.

Später stehen sie alle wieder auf.

Haben sie sich verändert, fragst du dich, der du den Text noch immer nicht verstanden hast.

Du aber weißt, dass dieser Film lügt. Denn du weißt, dass es kein Mann ist, sondern eine Frau, dass sie nicht groß ist und schlank, sondern klein und dick - und dass sie lächelt.

Denn du bist es, die da durch die Straßen geht, lächelnd und unaufhaltsam. So ist es!

Das andere aber stimmt: Alle fallen sie um. Doch hier in dieser Realität stehen sie nie mehr auf.

Da liegen sie so starr hinter mir. Denn ich bin ihr Tod. Und ich bin nicht allein. Viele gibt es von uns, so viele, wie es Städte und Dörfer der Menschen gibt. Wir alle gehen hindurch und ernten. Wir alle sind gleich und doch verschieden.

Einer von uns ist ein großer Mann im schwarzen Mantel in einem Film.

Eine von uns ist ein kleines Mädchen mit blondem Haar und blauen Augen.

Einer von uns ist ein Junge mit dunkler Haut und vollen Lippen und gelocktem Haar.

Eine von uns ist eine schwarze Krähe, die fliegt über den Dächern dahin. Unter ihr fallen die Menschen wie Gras unter dem Schlag der Sense.

So nannten sie uns einst Sensenmann, der nur aus Knochen und doch lebendig war. Wir alle sind der Tod.

Nacht und Sonn

Nacht. Aber die Sterne siehst du nicht, verborgen hinter schwarzen Mordorwolken. Und auch nicht das Licht der Vollen Mondin, das anderswo leuchtet anderen Wesen, noch die Hälfte, die Sichelmondin, nichts mehr!

Schwarz die Nacht, noch schwärzer die Wesen, die brechen empor aus schwarzer Erde.

Einer ist dort, der träumt.

Einer ist einst gewesen, der wandelte durch die Nacht bisweilen, vor Zeiten war einer einst.

Und andere noch, die nie mehr sehen das Licht des Sonn, denn nur ein einziges Mal wäre ihr Tod.

Sie alle, der eine und die anderen - nicht aber die ewigen Kreaturen der Nacht - sie alle aber erinnern sich an ihn voller Sehnsucht.

So zieht er jetzt die Vorhänge zur Seite. Es ist Mittag, und tief atmet er seine Strahlen ein dort oben, hinter dem Fenster bei den Pflanzen, die leben wie er, mehr noch, viel mehr, von *seinem* Licht.

Nicht ärgern, nur wundern!

Der Mann vom Nachbartisch starrte mich an. Dann brüllte er los: »Aber mein Herr, Sie machen mir ja alles nach! Jede Geste, jede Bestellung. Jetzt erinnere ich mich wieder. Das fiel mir doch gestern schon auf! Und heute wieder das Gleiche! Stellen Sie das gefälligst ein! Das geht mir jetzt aber gehörig auf den Keks! Sie Papagei, Sie Affe! Ja, *Sie* da, SIE!«

»Was? Ich Ihnen?«, brauste ich empört auf. »Na, das ist ja'n starkes Stück! Sie unverschämter Mensch, Sie! *Sie* sind es doch, mein Herr, der mir jede meiner Handlungen *vorwegnimmt*, SIE!!!«

Da verschlug es dem Herrn die Sprache.

Nichts und niemand!

Du springst über die Straße.

Ein Auto!

Es hält dich nicht auf.

Nichts und niemand!

Verwundert drehst du dich um. Hinter dir rauchende Trümmer. Die Schreie der Eingeklemmten. Und dann ein Feuerball. Er wirft dich in ein Haus. Durchs Fenster geht dein so zeitgedehnter Flug. Wie beim Zahnarzt!, denkst du noch, man glaubt, das Bohren hört nie auf.

Doch auch hier irrst du dich. Alles endet einmal. Du landest.

Schwärze.

Rattenzähne blicken dir entgegen.

Tief gefallen!, denkst du. Und tatsächlich, du liegst auf dem Boden, dein Rücken verbrannt, Glasscherben im Gesicht.

Die Ratte grinst dich an. Seltsam, nirgendwo ein Laut. Totenstille. Wo sind die vielen Menschen, die Schaulustigen, die Retter, die Helfer, über deren heroische Einsätze du in letzter Zeit so viel im Fernsehen sahst? Und Krankenwagen und Feuerwehr?

Nichts und niemand!

Wieder diese Worte der Leere.

Das Öffnen

Wie jeden Morgen öffnete er, noch müde, die Tür und hatte doch ein Lächeln auf den Lippen, denn es war aus Licht ein Klang, Musik in ihm, als ...

DONNER zerriss die Stille.

Und die Geschosse zerfetzten Holz, zerfetzten Fleisch.

Er fiel und fiel und fiel und spürte nicht mehr den Fuß, der sein Gesicht zertrat.

Oliver

Rotes Hemd, kurze rote Hose, rote Socken, Turnschuhe. Ein Junge von fünf Jahren mit blondem kurzen Haar sitzt da also auf der Schaukel.

Was er da tut?

Na, was wohl? Er schaukelt!

Sonst nichts?

Sonst nichts!

Aber da sind ja noch andere Menschen. Ein Mädchen neben ihm auf einer anderen Schaukel. Weitere Kinder, Mütter, Großmütter.

Ist doch alles in allem eine friedliche Dorfidylle - oder nicht oder doch oder ja?.

Doch dann beginnt es: Dunkle Wolken rasen heran. Ein Wind, ein Sturm, der die Blätter von den Bäumen reißt. Bunt sind sie wie im Herbst, wo doch eben noch Sommer war.

Ich blicke auf von meiner Bank. Und während ich dies alles noch nicht begreife, rast die Zeit. Und ich weiß es, irgendwie weiß ich es: Irgendetwas wird passieren, gleich. Ich werde noch immer hier auf dieser Bank sitzen. Doch es wird meinen Neffen, den Jungen in Rot, erfassen, ihn packen und mit sich reißen.

Etwas wird hier auf diesem Spielplatz geschehen, auf dem ich einst machtlos zusah, wie ein anderer Junge meinem Bruder ein Loch im Kopf verpasste, damals vor 25 Jahren. Ebenso machtlos wie einst, als ich am Bahnhof von Homburg das Mädchen die Straße überqueren sah und zugleich das nahende Auto und wie erstarrt stehenblieb, ohne einen Ton von mir zu geben: Achtung!, schrie es damals in mir und doch nicht aus meinem Mund (und ihr Zögern hätte sie wohl noch stärker verletzt). Aber damals waren es Unfälle.

Jetzt aber ist noch immer Sommer. Nirgendwo dunkle Wolken. Auch geschieht hier - nichts Außergewöhnliches! Niemand wird verletzt, niemand stirbt.

Platane

Eben noch gingst du an ihr vorbei.

Oder doch nicht?

Etwa nur im Traum?

Sprung aus dem Stand auf den untersten Ast.

Dort hockst du nun und blickst hinab.

Dann irgendwann ab er schließt du die Augen und wandelst dich, wirst Pflanze dort oben, Platane.

Raben

Du schaust aus dem Fenster.

Und da gegenüber auf dem Dach ist er wieder, der Rabe!

Oder sie, die Krähe, die Rabenkrähe?

Sie schaut dich nicht an.

Aber du beobachtest sie.

Hallo!, denkst du ihr zu, die deine Gedanken nicht hört. Kennen wir uns nicht?

Oder war es eine andere deiner Art, die mir einst nachsah am Platanenplatz, die mich verschwinden sah im damals noch heckenrosenbewachsenem Zentrum, die mich begrüßte an den Grenzen zum Nebelland, dort, wo ich Manfred der Magier bin?

Sie antwortet dir nicht.

Irgendetwas hält sie im Schnabel - Beute!

Dann fliegt sie davon.

Rasend über den Dächern

I

Du schaust empor.

Dort siehst du die Mauersegler unter blauem Himmel. Sie segeln nicht, sie rasen dahin durch die Lüfte in immer neuen Formationen. Sonn strahlt. Ein kühler Wind. Du hörst ihre Schreie und schaust noch immer hingerissen empor.

Fliegen, denkst du, Eins-sein mit Himmel und Sonn!

Fliegen, gemeinsam mit den anderen über der Menschenstadt!

Fliegen, essen im rasenden Flug, auch schlafen und träumen dort oben.

Segler sein und segeln durch den Tag!

II

Mein Gott! Jedes Jahr im Frühsommer sah er sie dahinrasen über den Dächern der Stadt, in nie geahnten Formationen. Irgendetwas schrien sie sich zu.

»Fliegen!«, dachte er träumend, die dritte Dimension der Erde, fliegen!

Und noch immer jagten über ihm die Mauersegler ihre für ihn dort unten unsichtbare Beute.

An einem Samstagabend brach er auf in die Innenstadt. Es war ein Sommertag im Juli. Sonn strahlte ihm in Augen und Stirn, als er um die Ecke bog, ihm entgegen ging. Etwas blitzte im Licht, einen Augenblick nur. Er rieb sich die Augen und ging weiter. Später sollte er sich erinnern. Später nach einer stürmenden Nacht, in der alles begann.

O Vater Sonn, Sol, Helos, Re-Atum-Aton, dachte er. Noch einmal sah er auf. Dort drehte es sich glitzernd in seinem Licht. Es war ein brennendes Schwert.

Seltsame Träume träumst du bisweilen: Eine Reise, die endlos ist, eine Reise, die irgendwo endet, aber das

Ende ist nicht das Ende.

Dies ist das Lied, das der Sommer dir singt.

Dort oben rasen sie noch immer vorüber, dort oben, mit spitzen Flügeln, an Häusern vorbei, hoch über den Straßen der Stadt, und schreiend-schreiend ziehen die Mauersegler ihre Kreise.

Unten auf der Kreuzung der Straße aber stehst du, kleiner Mensch, und schaust ihnen voller Sehnsucht nach.

III

Du stehst auf und gehst hinaus in die Stadt.

Dann bleibst du stehen, mitten auf der Kreuzung, die eben noch gänzlich leer im Mittagslicht vor dir lag. Du streckst deine Arme aus nach oben, so voller Sehnsucht.

Denn dort fliegen sie, rasen in wilden Formationen über dir dahin. Du hörst sie schreien ihr Sriih, so hell und hoch und weit entfernt und immer ferner, schon vorbei.

Du schließt deine Augen und erinnerst dich an die lange Reise durch die Lüfte, Wachen und Schlafen dort oben. Du erinnerst dich an deinen weiten Flug, den Zug vom Süden hinauf in den Frühling des Nordens. Du erinnerst dich an so viele Länder und Städte unter dir. Damals waren sie nur Erde und Marken.

Doch jetzt bist du ein Mensch in einem Vogelkörper. Jetzt rast du über allem dahin. Jetzt schaust du mit menschlichem Geist aus Vogelaugen hinab, was nie zuvor geschah? - und doch geschieht.

Du siehst sie alle dort unter dir: So viele Menschen, so viele Taten, so viele Tränen und Schreie, Weinen und Lachen, Hoffen und Sterben, Lieben und Gebären, Altern und Tod.

Rathaus

»Ich komme!«, rief er. Und weinend verließ er sein Heim.

Niemand hörte ihn rufen.

»Du weißt, was zu tun ist?«, fragte die Stimme in ihm.

»Ja, ich komme!«, antwortete er schweigend.

Dann erreichte er das Rathaus von Kaiserslautern, in dessen Druckerei er einmal einst vor langer Zeit gearbeitet hatte. Er fuhr in den obersten Stock dieses gigantischen Gebäudes, das alle anderen der Stadt überragte.

Überwand er die Absperrungen dort oben oder kam er irgendwie an ein Fenster, das sich öffnen ließ, ein Stockwerk tiefer?

Keiner weiß wie. Aber es gelang.

DU KANNST ALLES SCHAFFEN, WAS DU WILLST, stand auf dem Glückskekszettel im Chinarestaurant, den es zum Jasmintee gegeben hatte.

Ja! Einmal fliegen, dachte er. Frei fliegen, ohne Maschine, frei fliegen als Mensch.

Er sprang.

Rufe!

»Rufe das Wort in den Wind! Geschwind!«

Das hörte sie in sich auf ihrem Heimweg von der Arbeit. Das hörte sie unter dem Rauschen von Ahorn und Eberesche.

Sie tat es, und ... nichts geschah.

Hab's ja gleich gewusst. Alles fauler Zauber!, dachte sie. Und dann ...

(Ja, denkste, jetzt passiert's? Irrtum!).

Nichts geschah!

Noch immer geschieht nichts, gar nichts!

(Das ist es aber, genau das!)

Sie bewegt sich nicht. Starr steht sie unter den schweigenden Bäumen. Ihr Denken ist eingeströmt in die große weite Leere, wo Werden und Sein und Nichtsein, wo alles ist eins.

Die Schärfe des Morgens

Du bist auf dem Weg zum Bahnhof. Die Straßen sind leer. Es ist noch früh am Tag. Oder spät in der Nacht? Denn alles ist dunkel. Wenn die Lampen erlöschen würden, wäre Schwärze, denkst du.

Heute wie gestern - nein, morgen nicht - musst du arbeiten. Denn die Buchhandlung, in der du gerade Lehrling bist, ist auch Samstags geöffnet. So bist du also unterwegs zur Arbeit, während so viele, die meisten noch schlafen. Es ist Dezember.

Schon wieder begegnet dir ein junger Mann. Seltsam! Keine Frauen, keine Kinder, keine Pärchen. Schläft wohl doch noch alles. Seltsam ist auch das Wetter an diesem Morgen, ein mildes Wetter, ganz wie im Frühling. Der Boden nass, aber zum Glück kein Regen. Sehr erfrischend aber ein leichter, warmer Wind. Du schwitzt. Klarer Fall, Wintermantel mit Schal, viel zu warm angezogen! Aber wen wundert's? Gestern war ja noch Winter. Heute scheint Frühling zu sein. Muss Schal und Pullover ausziehen im Zug, denkst du.

Da passiert es auch schon, in Bahnhofsnähe, kurz vor der Bushaltestelle, ja, dort rechts auf dem Bürgersteig passiert es. Jemand tippt dir auf die linke Schulter. »Psst, wer bin ich?«, hörst du es flüstern dicht hinter dir.

Ein alter Bekannter? Eine Bekannte gar? Parfümgeruch!!! Aber gerade jetzt, hab's doch so eilig, gleich fährt mein Zug. Wer kann es sein? An diesem Ort, zu dieser Zeit? Keine Ahnung! Sekundenschnell, diese Gedanken in deinem Kopf. Schon drehst du dich um, nein, du willst es gerade tun, als ein kalter, scharfer Stahl blitzschnell deine Kehle durchtrennt.

Dann sinkst du langsam, unendlich langsam zu Boden. Sich entfernende Schritte. Irgendwo in weiter Ferne hörst du sie lachen, glaubst Worte zu verstehen, Worte, die nun für dich nichts mehr bedeuten, nicht mehr, nie mehr:

»Haha, scharfer Morgen, was? Macht müde Männer mausetot! Weißt' jetzt, wer ich bin? Hahaha...«

Du stirbst.

Schlittenfahrt

Rasende Fahrt den Hang hinab.

Da hast du ein Ziel vor Augen.

Ist doch was, oder ja oder nicht?

Eben!

Da hast du die Mauer vor Augen, an der dein Schlitten zerbirst.

Und nicht nur er!

Die Schraube

Dort baumelt sie - die Schraube - am Strick!

»Hängt sie! Hängt sie auf! Hängt dieses Scheißding!«, hatten alle im Ort geschrien, deren Kinder sterben mussten. Und das alles wegen dieser einen Schraube. Das sollte sie büßen.

Ewigkeiten würde sie dort oben baumeln im Wind, allein und ohne Funktion.

Also taten sie es und gingen grimmig und befriedigt - für kurze Zeit - wieder nach Hause.

Aber die Schraube lächelt, noch immer baumelnd am Strick dort oben in luftiger Höh. Längst ist der Strick verfault, ehe ich zu Staub zerrostet bin. Ich komme schon wieder auf den Boden der Realität zurück, falle bald, denkt sie und beginnt zu träumen.

Wovon sie träumt?

Davon, wovon alle Schrauben träumen.

Sie träumt von ihrer längst vergangenen Welt, als Mechanik die Menschenwelt beherrschte, von einer Zeit, als es noch Nägel und Schrauben gab. Sie träumt von ihrer Wiedergeburt.*

*: Die Rache der Schraube, in Kürze in einem dieser Bücher.

Schrei und Schrei und ...

Da ist ein Schrei, der sich endlos zu dehnen scheint: so schrill, so hoch, so laut in deinen Ohren. Und das bei Sonnenschein am Mittag in deinem kolorierten Lokal! An der Theke gar?

Und all die anderen unterhalten sich ruhig weiter, als ob nichts gewesen sei.

Doch du hörst ihn!

Sonst niemand außer dir?

Also schreit es nur in mir! Aber wer? Warum?, fragen rasend Gedanken.

Dann ein irres Gelächter, noch fern. Doch es wächst, kommt näher, wird lauter und lauter in deinen Ohren, in deinem Kopf!

Und du versinkst in Trance.

Dort beginnst du zu träumen. Dort siehst du ein schwarzes-schwarzes Wesen, das schreit und lacht und brüllt und windet sich zuckend und dampfend auf der Erde. Ein weißer Speer ragt auf, heraus aus seiner Brust.

Dann aber siehst du die weiße-weiße Frau aus Licht, die trägt ein Kind in ihrem Bauch und schreit vor Schmerz bei der Geburt. Es erscheint und schreit: das schwarze-schwarze Kind, das Wesen, das einst, Äonen später brüllend und lachend sterben wird durch einen weißen Speer aus Licht.

Ich aber bin es, der seine Schreie hört.

Ich aber bin es, der den Speer wirft.

Ich aber bin sein Bruder.

Schwimmbad

Wasser, Wiese, Sonn. Im Hintergrund ein Rauschen. Lärmende Stille, geboren aus den Menschenmassen, die da liegen in Haufen und laufen und schwimmen.

Dann ein nicht enden wollender Schrei. Wachsende Wolke, rot! Verändert sich ständig, wechselt von dunkel zu hell.

Rasend das Entsetzen, Panik. Alles brüllt. Treten und Hasten und Schwimmen und Laufen und Rennen und auch Worte: »Alles aus dem Wasser!«

»Dort ist es!«, schreit irgendwer. »Dort, auf den Stufen des Schwimmerbeckens! Mein Gott, es zappelt ja noch!«

Ein letzter gurgelnder Schrei. Dann nur noch Blut. Dann nur noch wenig zuckendes Fleisch.

»O mein Gott, eben war's doch noch ein Mensch! Wie schnell das geht!«

Still liegt das Wasser. Schweigend steht die Menge noch immer am Ufer. Hier und da ein Gluckern. Der Spuk ist vorbei.

Selbstbestrafung

Singend zog einer, den wir kannten, singend und sich schlagend - Blut lief in Strömen über seinen nackten Rücken - durch die Gänge der Universität von Kaiserslautern und geißelte sich.

Alle standen sie staunend da, sein Professor - er war Doktorand der Biologie - mit offenem Munde: »Aber Herr Nitzsche ...! Was tu ich bloß? Was tun mit diesem Menschen? Der ist ja völlig übergeschnappt!«

September-Sonn

Bisweilen brach Sonn hervor durchs Grau des Himmels. Doch der Tag blieb düster.

Ihn hatte seit Tagen die Grippe niedergeworfen. Also zog es ihn jetzt hinaus an die frische, nein, hinaus in die bewegte Abgasluft der Stadt. Hin zog es ihn zum Park.

Dort war Stille. Weit entfernt die Autoschlangen, die ihm auf dem Weg begegnet waren. Spielende Kinder und Mütter, alte Leute, so nah.

Glücklich! Kamen für einen Augenblick die Bilder zurück aus seinen Kindheitstagen. Alles sah er wieder mit fiebrigen Augen. Lächelnd ging er vorbei an Kinderspiel und Autoschlangen. Er sah auf die Uhr. 16.00 Uhr, Rush-Hour in Kaiserslautern Wenig später öffnete er seine Wohnungstür.

Dort fanden sie ihn mit starren Augen. Draussen im Flur vor der Tür lag er, starr und tot und ... lächelnd.

Sextouristen

Jetzt endlich!

Wie konnte das nur geschehen, wo es sonst doch niemals geschah? So plötzlich? So massiv? An diesem einen Ort? Und auch noch am hellichten Tag - unter *seinem* Licht?

Wenige nur der zehn- bis zwölfjährigen Mädchen und Jungs in Bangkok taten es. Wie auf ein geheimes Zeichen hin - oder gab es gar eins? - entflohen sie ihren Zuhältern und erwischten den dicken Deutschen, der schon lange hier lebte und sie an Sextouristen, made in Germany, vermittelt hatte, all die Jahre! Jetzt aber stürzten sich alle auf ihn.

»Ihr dürft mit ihm machen, was ihr wollt!«, sprach eine Stimme von irgendwoher in ihrer Sprache. O ja, sie kannten diese Worte, allerdings ein wenig anders formuliert: *»Er* darf mit dir machen, was er will!«

Also schrien sie ihm ins Gesicht: »Wir dürfen mit dir machen, was wir wollen!« - und lachten. Dann rissen sie ihm in der Gasse, die seltsamerweise gänzlich verlassen an diesem Nachmittag war, die Kleider vom Leib, prügelten auf ihn ein - so viele kleine Fäuste! - hielten ihn fest. Die Jungs fickten ihn von hinten und vorn, oben und unten und ... Eins der Mädchen zückte das Rasiermesser. Ritsch und ratsch schnitt sie ihm die Eier ab.

Er schrie, sprang empor und stürzte wieder - und überall war Blut! - fiel in Ohnmacht und in den Dreck der Gasse.

Sie lachten, kicherten und tanzten auf ihm herum und lösten sich auf in Nebeln. Denn sie lebten nicht mehr, waren vor Kurzem gestorben - worden: durch ihre Vergewaltiger und Käufer, diese weißen, großen, dicken Männer. Asche waren ihre Körper alle längst. Doch einmal noch waren sie zurückgekehrt.

Weil ich es so wollte!, denkt der kleine, große Schriftsteller. Er hatte einen Bericht über sie im Fernsehen gesehen.

Das erklärt vieles, denkst du.

Aber vielleicht waren sie es ja, die ihn gebeten hatten, dies zu schreiben. Also wollten sie, dass er es schrieb, dass es geschah in seinen Träumen und vielleicht nicht nur dort. Denn etwas geschah da in der wirklichen Stadt in Thailand:

Wenige nur der zehn- bis zwölfjährigen Mädchen und Jungs in Bangkok taten es. Wie auf ein geheimes Zeichen hin - oder gab es gar eins? - entflohen sie ihren Zuhältern und erwischten den dicken ...

Sinne und Sinn

Du gehst über den Markt in Mainz. Sonntagmorgen, kühl im Mai trotz Sonnenschein. Bist auf dem Weg zu deinem Stand auf der Minipressenmesse.

Was siehst du - in dir?

Was fällt dir so plötzlich ein?

Das!:

Augen sind wir - bin auch ich - und Ohren und Nase, aber kein Mund, kein Wort. Sinne sind wir den Göttern. Nur das!

Nicht mehr?, weinst du verzweifelt, während du weiter gehst.

Klingen Worte in dir: »Das bist du! Das seid ihr alle!

Aber auch Götter zugleich und mehr!

Denn alles ist eins!«

Sonn am Abend

Am Abend, einem Sommerjuliabend, ging er in die Stadt, immer geradeaus, dem Sonn entgegen. Und sein Gesicht erstrahlte.

Ein weißer Kater sah ihn mit großen Augen von der Straße aus an.

»Hallo!«, sprach er zum Bruder.

Der jedoch wandte sich ab auf seinem Weg in die Nacht, sprang davon, das Mäuerchen empor und ihm aus den Augen.

Und weiter ging unser Mann in den schwindenden Tag.

Vielleicht rief ihn nun die Frau beim Altstadtfest, die Nacht, die Volle Mondin. Und alles würde enden auf einer Bank im Park unter Ihrem Licht und dem rauschenden Laub der Platanen.

Sonnensohn

Eines Septembermorgens, noch kühl war es, sah er in den strahlenden Morgensonn.

»Vater!«, brach der Ruf empor aus ihm. Tief sog er ein *sein* Morgenlicht. Dann stieg er in den wartenden Zug.

Wärme fühlte er im Zentrum seiner Stirn. Er schloss die Augen. *Er* ist in mir, dachte er. Und die Tore öffneten sich ohne Laut, und *sein* Licht weckte die schlafenden Räume im Innern.

Eine ältere Frau auf der anderen Seite des Mittelganges neben ihm erwachte aus ihrem Schlaf. Staunend blickte sie auf, staunend sah sie ihn an, staunend sah sie, wie sein Kopf zu glühen begann.

Goldenes Licht durchflutete jetzt auch das Nachbarabteil des neuen Nahverkehrswaggons.

»Ich bin!«, sang es tief in ihm, »sein Sohn!« Und noch immer öffneten sich die Tore ohne Ende, nun mit Donnern, nein, mit den tiefen Klängen eines gigantischen Gongs. Auch vernahm er jetzt ein helles Zwitschern über den Tiefen gleich einem Bach in bergiger Höh. Was für ein Sound!, dachte er, während der Zug seinen Weg fuhr wie jeden Tag durch Täler und Berge. Also kam da irgendwann ein Tunnel.

Da hörte alles auf. Denn Kälte herrschte ringsum und - Nacht.

Spezialeinheit

Er saß gerade draußen an einem Tisch vorm Eiscafé. Einer unter vielen am Abend im Sommer dieses denkwürdigen Jahres.

Allein?

Ja, zunächst. Später setzten sich zwei Studentinnen dazu. Die eine mitten in der Informatikprüfung, die andere hielt doch den palästinensischen Kellner für einen Italiener, na so was!

Jetzt aber Action! Abenteuer! Spaß!

Die Einsatzwagen rasen heran, mitten rein in die Fußgängerzone bis vor die Kirche. Die Männer der Spezialeinheit springen raus. Ein Teil geht sogleich vorschriftsmäßig in Stellung. Sowas wie Feuerschutz und Flankendeckung, wer weiß? Der Rest stürmt heran.

Lächelnd steht er auf: »Lassen wir das doch, meine Herren. Sie gefährden doch nur Unschuldige. Wenn ich der bin, für den ihr mich haltet, dann … habt ihr ohnehin keine Chance, nicht die geringste.«

Sie stutzen einen Augenblick. Was tun?

Er aber spricht lächelnd die anderen Gäste an: »Leute, gibt 'ne prima Show! It's Showtime now!« Und wendet sich dann an die spezielle Spezialeinheit für besondere Sonderfälle: »Übrigens, ich bin's, den ihr sucht, wohlan!«

Einige der Jungs waren wirklich gut (weil er es zuließ). Sie ballerten los, und die Geschosse trafen ihn in Brust und Kopf. Lächelnd winkte er bye-bye und verschwand in einer rosaroten Wolke, die formte ein Lippenpaar, so rot, und einen dicken Kuss.

Als der sich endlich verzogen hatte, sahen es alle: Sehr ordentlich, eine neben der anderen und gänzlich unversehrt, lagen da all die Patronen, die ihn getroffen hatten, auf der Straße. Von ihm aber fand sich keine Spur. Und wenn er nicht gestorben ist, so lebt er irgendwo noch immer.

Stern

Du öffnest die Tür mit einem Karateschlag (ein wenig Training ab und zu kann ja nicht schaden).
Du drehst die Hand, entspannt.
Ein leuchtender Stern! Oh!
Staunend schaust du Ewigkeiten.
Dann ein Blitz (Erkenntnis!).
Dann der rasende Schmerz.
Du siehst sie brennen, deine Hand.
Du sinkst ...

Sturm

Ein wenig Wind kam auf.

Könnte Sturm werden, dachte er. Sturm!

Er war gerade auf dem Weg zur Post in einem kleinen Ort in der Pfalz namens Winnweiler. Verkehrsberuhigte Zone. Achtung Gefahr! Beim Verlassen der Buchhandlung kommen Autos von allen Seiten!

Aber er hatte ja schon die Straße überquert, den kleinen Marktplatz hinter sich gelassen, als die ersten Böen ihn streiften. O Sturm, dachte er, dann Erinnern: Sturm!

Gedanken kamen geflogen, wie auch die ersten Blätter, die dieses Jahr schon im August von den Bäumen fielen. Gedanken segelten von oben herab. Aus dem Nichts herab zu ihm, der nun stehen blieb auf seinem Weg zur Post, wenige Meter von seinem Ziel, das er niemals erreichen sollte. Worte rasten heran.

Er hob die Arme empor, »Herr der Stürme«, waren die Worte, die ihm eingegeben wurden, Herr der Stürme, dachte er und begann sich wieder zu erinnern.

Einst war ich ein Meister in magischen Zeiten: ein Wort, ein Lied, ein Gedanke - und der Westwind stürmte heran über das weite Meer. Auf den Klippen am äußersten Rand dieses großen Kontinents stand ich in wallendem Gewande und gebot den Stürmen des Meeres und des Landes. Damals, bevor sie mich stürzten in den Staub, damals ...

O Sturm, dachte er und die Böen wurden stärker. Bäume bogen sich, Menschen flohen in die Häuser.

Er aber blieb stehen mit erhobenen Armen.

Er aber hatte die Augen geschlossen.

Er aber war zurückgekehrt.

Und der Sturm wuchs an und wuchs und wuchs.

Wirbel bildeten sich, Wirbel aus Papier und Blättern und umkreisten ihn, der da stand und widerstand und wartete mit erhobenen Armen.

Dann erfassten sie ihn und hoben ihn empor und trugen ihn fort in Wolkenmeer und ferne Zeiten.

Suizid

O kleines, krabbelndes, vor Angst so zitterndes Tier, heißt du nicht Mensch?

So fand ich dich in den steinernen Wüsten voller Wunder, wo Werden ist, wird Wandel genannt.

So trägt dein Sein im Zeitensturm so viele Namen: Geburt und Leben und Tod.

Breitest du aus deine Schwingen, die noch nicht sind, zu fallen durch die Weiten der Welt, die sich nun endlos zu dehnen scheinen in deinem Geist?

Atmest du ein für kurze Zeit, einen Augenblick nur, ein letztes Mal und dann ist Ewigkeit?

Von den Dächern der Stadt hinab sehe ich dir zu, wie du fällst den langsamen Fall, lächelnd und berauscht.

Hinter dir, weit entfernt - schneller als sie bist du in deinem Fall, deinem Flug, blieb zurück und holt dich nie mehr ein: die Angst.

Deinen Körper fanden sie im Teer der sommersonnenheißen Straße.

Die Tür

Eine Tür, eine alte einfache Wohnungstür.

Du bist also schon im Haus, steckst den Schlüssel ins Schloss, drückst die Klinke, sanft. Vorsichtig öffnest du. Du erwartest ein Zimmer, wie es so im ausgehenden 20. Jahrhundert ist. Du öffnest also langsam die Tür.

Dein Geist verstummt.

Vor dir liegt eine grüne Wiese. Sonn scheint. Sie ist voller Blüten. Falter schweben. Sie ist voller Summen. Klee mit Bienen und Hummeln und ... Sie ist voller Zirpen.

Die weite Welt hinter der Tür!

Und es gibt andere Türen in diesem Haus.

Doch du trittst jetzt durch diese eine geöffnete Tür, trittst dort ein, wo sonst eine Dachkammer war. Also trittst du hinaus in die Wiese. Dann lässt du dich fallen ins Gras und atmest tief ein.

Universität Biologiegebäude 5.Stock

»Tschüss!«, sagte er, »ich mach' jetzt die Fliege!«

»Tschüss!«, sagte ich, ohne aufzuschauen, in meine Arbeit vertieft.

Ein Geräusch und dann: eiskalte Luft von irgendwoher. So plötzlich im Raum. Ich sah auf. Das Fenster stand offen drüben bei ihm. Er aber war verschwunden.

Ich hatte keine Schritte gehört, auch nicht das Schlagen der Tür. Also saß ich starr und staunend am Schreibtisch, bekam den Mund nicht mehr zu. Der tut doch wohl nicht, was er sagt?

Ich ging zum Fenster, sah hinaus in die Weite.

Nichts!

Sah zur Seite, sah nach oben.

Nichts!

Dann schloss ich das Fenster. Und mein Blick fiel nach unten.

Dort lag er.

Er war ohne Schrei in die Leere getreten.

Unter mir

»Schau!« (Stimme in mir).

So fallen die Nebel mir aus den Augen. Ich sehe.

Dort unten: Straße, Kreuzung, Asphalt. Autos - weißer Rauch steigt auf - stehen still. Sirenengeheul. Blaues blinkendes Licht. Liegt doch dort, umringt von allem und vielen, ein Mensch. Sanitäter drehen den Körper, zerquetscht, von Rädern zerfahren.

Schau das Gesicht eines Menschen danach!:

Die Augen so starr, kein Blick mehr empor zu mir.

Erkennen ... das bin doch ... dort unten vor meinen Augen liege *ich* auf dem Asphalt der Straße, tot.

Die Unterführung

Bahnhof in Kaiserslautern Die Unterführung zu den Gleisen. 7.15 Uhr am Morgen.

Du bist, wie fast jeden Tag, unterwegs zu »deinem« Zug, einem neuen Triebwagen, der dort oben wartet. Vor dir ein breiter, erleuchteter Gang. Nicht weit über deinem Kopf die Decke.

Dann kommen die Bilder. Dann beginnst du zu sehen. Dann erscheint Er. Dort hinten, wo die Decke höher liegt, dort hinten am Ende des breiten Ganges, dort, wo die Treppen hinaufführen zu den Gleisen 5 und 6, dort taucht Er auf aus der hinteren Wand.

Du hältst an und blickst dich um. Niemand scheint Ihn zu sehen. Alle gehen, rennen, rasen ohne Unterbrechung weiter zum Zug zur Arbeit, von der Arbeit zum Zug. Ja, Er ist es, dein Bruder. Schwarz ist seine Gestalt. Er ist es, der nun die hintere Wand hinter sich lässt, der nun dort lächelnd steht.

Schwarze Sterne rasen auf dich zu. Sie fallen aus dem Zentrum Seiner Stirn. Sie kommen aus dem 7. Chakra, aus dem Raum oberhalb Seines Kopfes. Sie prallen auf den Boden, sie prallen gegen die Seitenwände des Ganges. Dort, wo sie auftreffen, breitet sich Schwärze aus. Als Erstes erlöschen die Leuchtstoffröhren. Dort oben rechts und links vor dir. Die Dunkelheit wächst.

Dann siehst du Sein schwarzes Schwert. Er hält es erhoben. Er wartet.

Jetzt müsstest du erstrahlen in weißem Licht. Jetzt müsste sich dein Regenschirm wandeln in ein weißes Schwert.

Doch nichts geschieht.

Scheiße!, denkst du. Bei Ihm ist alles wie im Film, bei mir alles, wie es sein soll, langweilig real. Wäre Er nicht, ...

Aber dort wartet Er. Er ruft dich.

Und du?

Du folgst, setzst Fuß vor Fuß, kannst nicht widerstehen.

Dann bist du bei Ihm. Er lächelt noch immer. Und sein schwarzes Schwert trennt sirrend dein Haupt vom Rumpf.

Du schlägst die Augen auf. Noch immer stehst du mitten im Gang. Du wunderst dich. Du gehst weiter zum Zug, der noch immer wartet. Du steigst ein. Du fährst zur Arbeit, wie jeden Tag. Alles ist wie immer.

Unterwegs

Am Laternenmast
zerbrochen sein Schädel
Drei Köpfe flogen weiter
durch Raum und Zeit

Das war es, was ich sah auf meinem Weg nach Hause, auf meinem Weg zu mir. Diese Bilder sah ich am Abend in der kleinen Stadt Kaiserslautern, die einmal wieder für kurze Zeit ganz groß war: Deutscher Fußballmeister. Dieses seltsame Bild von mir.

Doch es passierte nichts!

Noch ist es nicht geschehen!

Und schaute ich nicht schon so viele Tode?

Wie sollten sie alle die meinen sein?

Wie können sie alle geschehen, außer in meinen Träumen?!

Vorweihnachtsempörung

Mittags wird es gesendet. Am hellen Tag passiert es. Wenige erleben es, einer ist der Täter.

Doch ist sie stolz, die Gemeinde irgendwo in Deutschland, stolz auf die Tat?

Ein anderer sieht es im TV und ist empört. Er spricht seine Gedanken auf Band. Am nächsten Tag tippt er sie ein in den PC. Das ist es, was er denkt:

Da regt sich die Presse darüber auf, dass einer, der den Stand der Ärzte vertritt, was von verfrühtem Ableben der Patienten aufgrund neuer Regierungspolitik erzählt.

Und dann *das,* in Top 7, zum fröhlichen Ausklang des Wochenrückblicks am Samstag: Der Höhepunkt des Baumlebens, das Größte und Schönste, was einem Baum, einem Nadelbaum - einer Tanne, einer Fichte - zur Weihnachtszeit passieren kann, ist, man höre und staune, nach Rom zu kommen und dort den Vatikan als Weihnachtsbaum zu schmücken.

Klingt gut oder? Aber was bedeutet das?

Es heißt: gefällt - sorry »geerntet« zu werden, so nennt das der Förster heute, natürlich trotzdem mit der Motorsäge, aber nein, das ist doch kein Kettensägenmassaker, wenn Tiere Dinge sind, so rein juristisch, anderswo sollen ja auch Kinder Gegenstände sein, was sind dann wohl Pflanzen?

Ob das die Erfüllung eines Baumlebens ist?

Gut, wir alle müssen sterben. Wir wissen nicht, was Bäume empfinden. Vielleicht sind sie eins mit allem, erleuchtet - wir aber weit entfernt davon. Vielleicht lächeln sie ja, wenn wir sie fällen, denn Leben und Tod ist eins. Wer weiß?

Aber würde dies auch der Reporter tun?

Vertauschen wir doch mal die Rollen und behaupten in unserem zukünftigen Beitrag: Das Schönste, was einem Menschen passieren kann, ist ausgestellt zu werden an einem besonderen Ort zu einer einmaligen Zeit, vielleicht zur Jahrtausendwende bei der UNO.

Und er wurde erwählt aus Milliarden von Menschen. Ja, dieser eine Reporter, der vor einem Jahr diesen Weihnachtsvatikanbaumbeitrag verfasste. Nein, wir brauchen ihn nicht ganz, auf keinen Fall lebendig. Er muss schweigen und lächeln. Außerdem wird er ja noch geschmückt. Also da haben wir doch noch eine Guillotine aus der französischen Revolution, nehmen wir die. Zeichnen wir alles auf, schließlich kam damals auch das Ernten in Nahaufnahme.

Jetzt ist der Kopf ab, fällt in den Korb, geerntet. Und nun wird er nach New York geflogen, welche Ehre! Dann für die Ewigkeit präpariert und eingegossen in Harz.

Dieser eine Kopf steht für die Menschheit und das neue Jahrtausend, das es nur in unseren gar nicht so christlichen Köpfen gibt. Schaut ihn euch alle an! *Ein* Mensch für alle. Wie wunderbar. Ach wäre ich doch an seiner Stelle. Alle würde sie mich betrachten, alle mich sehen, alle mich beneiden!

Einige Ergänzungen: Zusätzliche Informationen aus der Tagesschau, einen Tag danach: Es handelte sich um eine Schwarzwaldfichte aus Bad Seckingen, 23,5 m hoch, 50 Jahre alt, mit einem sauberen Schnitt getrennt, schwebt sie, mit Ästen zusammengebunden, vorsichtig nieder. Fünf Tage ist sie unterwegs, am Freitag dann endlich aufgestellt vor dem Petersdom.

Der Förster im Interview: »Angst, dass dem Baum vor der Ernte etwas passiert, nicht auszudenken! Mein Gott!«

Fällt dem Schreiber hierzu ein: der Untergang des Abendlandes? Und noch mehr Fragen: Was hat der Weihnachtsbaum mit Jesus zu tun? Wozu braucht denn der Papst eine Baumleiche? Brauchen wir einen Papst, wofür?

Der Wall

Diese Mauer hat kein Ende. Diese Mauer ist gigantisch!

Du aber bist ein Wurm, ein winziges Insekt zu ihren Füßen!

Jetzt rast sie um deinen Körper herum. Schon hat sie dich eingekreist.

Du schlägst mit dem Kopf gegen die Wand, dann mit den Fäusten. Fleisch und Knochen gegen Stein.

Nichts! Diese Wand, dieser Wall ist stark.

Und du?

Du rennst dagegen an. Loch im Kopf oder Loch in der Mauer? Du trommelst und trittst. Du schreist den Schrei, der niemals endet, den niemand hört.

Dann bleibst du wieder zu ihren Füßen liegen, allein.

Du alterst und auch die Mauer. Aber was ist schon die Dauer eines Menschenlebens verglichen mit dem Alter von Stein!

So färbt sich dein Haar grau und weiß. Die Zähne fallen dir aus, deine Haut wirft Falten. Schon lange trommelst du nicht mehr gegen die Mauer, schon lange schreist du nicht mehr (sieh an, doch nicht endlos, dieser, dein Schrei vor Zeiten! Aber daran erinnerst du dich nicht mehr).

Weinst du noch?

Nein! Aber du hungerst. Und schon siehst du auch die Mauer nicht mehr vor deinen Augen.

Irgendwann finden andere dein blankgefressenes Skelett. Sie finden es vor einer Mauer aus Stein, die nicht gigantisch ist, die dich nicht umschloss, die dich nie hätte aufhalten können auf deinem weiteren Lebensweg.

Aber sie tat es, du tatst es!

Was ...?

»Was hältst du da in deiner Hand?«, fragst du mich und schaust hinab auf meine rechte Faust, die da liegt in meinem Schoß und sich einfach nicht öffnet deinem neugierigen Blick - *noch* nicht!

Dann ein Seufzen deiner Seele. Denn du weißt es, ohne es zu sehen. Denn du fühlst es und sprichst es aus in Gedanken, die ich höre: Es zittert, es zuckt, es singt! Was ist es? Was ist mit ihm?

»Ja, es lebt!«, flüstere ich dir zu, die du mich anschaust so voller Sehnsucht und Zärtlichkeit. Ich aber weine Tränen über die Zeit, das ist Geburt und rasendes Leben und Tod - keine Ewigkeit.

»Warum weinst du?«, flüsterst du.

Und ich öffne meine Faust. Etwas fliegt summend heraus und empor: FREI!

Kein Zucken mehr, kein Zittern, aber auch kein Lied. Es ist fort!

Also fragst du nicht mehr, also ist Stille.

Also fasse ich mit meiner rechten Hand, die sich nun wandelt in eine gewaltige Pranke - denn ich wachse und du wirst immer kleiner - deinen Hals und drücke zu.

Und du zappelst und zuckst und schrei ..., singst nie mehr.

Also bist *du* nicht mehr und nicht mehr ist das zitternde Wesen in meiner Hand.

Und auch ich gehe nun, vergehe, so wie du.

Was tat er da?

Er ging in die Küche, Geschirr abwaschen. Den Fernseher hatte er laufen lassen, die Tür zu seinem Zimmer, aus dem er gerade kam, stand offen.

Dort am Geschirrspülbecken nahm er den Scheuerschwamm in die Rechte, fischte mit der linken Hand das Brotmesser aus dem warmen Spülwasser heraus und rieb es zwischen dem zusammengefalteten Schwamm sauber, als es passierte:

Bilder von blitzenden, ja fast strahlenden Klingen durchrasten sein Hirn: Psycho, Pentagramm, ...

Aha, dachte er, ein Möchtegernpsychopath mit der Waffe seiner Taten, und hob das Messer empor, dem Licht der Küchenlampe entgegen. Fast trocken schien ihm die Klinge, die er nun drehte, bis sie sich wandelte in weißen, leuchtenden Strahl. Verzückung umspielte seine Lippen.

Wenig später schon begann er zu grinsen. Grinsend senkte er das Messer, grinsend zog er es, schön langsam und genüsslich, über seinen linken Handrücken hinweg - o Wunder, er spürte keinen Schmerz! Grinsend sah er das Blut hervorquellen, sah es tropfen.

Blut!

Dann rannte er los, riss die Tür auf, stürmte schreiend die Treppe hinab in den Keller. Und niemand sah ihn jemals wieder.

Die Wespe an der Scheibe

Sie prallt dagegen im Flug, sie klettert entlang auf diesem Nichts, das etwas unter ihren Füßen ist.

Dann verdunkelt sich die Welt (eine Zeitung in deiner Hand).

Sie fliegt auf und vorbei zum Licht, doch die Flucht endet (am Glas).

Und sie weiß nicht, dass du ihr helfen willst.

Immer wieder versucht sie es.

Irgendwann aber klettert sie für einen Augenblick auf die Zeitung, fliegt noch einmal auf und diesmal durch die offene Balkontür hinaus in die Weite der Welt.

Und nun zu dir, ja du! Du da mit der Zeitung in der Hand, der du die Wespe nicht zerquetscht hat! Dich meine ich und frage dich:

Gegen welche unsichtbaren Wände läufst denn du in deinem Leben?

Und was ist die Zeitung in deiner Welt?

Und wer lässt dich in die Freiheit hinaus oder zerquetscht dich irgendwann womit, woran?

Wie im Film

Er geht wie jeden Morgen zum Bahnhof, steigt die Stufen hinab zur Unterführung unter den Gleisen, geht Richtung Gleis 4, als die Bilder kommen.

Sie kommen aus dem Film, denkt er.

Tatsächlich, sie stammen aus einem Film, den er Tags zuvor sah.

Schüsse knallen und hallen im leeren Raum.

Dann Stille.

Ein brennender Mensch, der lautlos weint, dort vorne. Sonst nichts, sonst niemand da hier unten.

Stille. Die Ruhe vor dem Sturm?

Etwas durchschlägt seinen Körper, die Brust, den Bauch, den Hals, den Kopf. Zu spät? Er ...

»Ich, ich, ich ...«

Sterbend sinkt er zu Boden. Getroffen! Überall an den gekachelten Wänden, auf dem Boden vor, neben seinen Füßen, überall Blut, sein Blut. Irgendwas, irgendwer rast an ihm vorbei. Andere ihm nach.

Wie im Film!, denkt er noch, wie im Film, doch ich bin nicht der Held! Statisten sterben immer zuerst.

So ist es.

Er stirbt.

Wirkung und Wille

»Ich kann tun, was ich will!«, rufst du und blickst mich an voll Wut.

Doch die Wirkungen wirken von Anbeginn viel tausendfach in dir, in mir und All.

Wundersam sind die Wege, seltsam und oft so unbekannt.

Noch standen die Polizisten still. Noch waren die anderen so fern.

Schon hörten wir aber die Schreie, die Schritte, näher, immer näher kommen.

Dann sahen wir die Demonstranten.

»Ich werde, ich will dir jetzt ...«, sind deine letzten Worte mit erhobener Faust vor mir.

Keiner von uns sah den Stein, der flog vorbei an einer Uniform.

Dich sehe ich aber nun fallen, die Faust erhoben noch zum Schlag, gebeugt den Arm, dicht, so dicht vor mir. Ein Schrei aus deinem Munde. Blickt so erstaunt dein Augenlicht. Und dann das Blut und nichts als Blut - aus deinem Kopf.

Wunsch für das Ende

Mein Gott, dachte er, jetzt am Abend, unter diesem leuchtenden Himmel, als er dem sinkenden Sonn entgegenging in seiner Stadt.

Und über ihm die dahinrasenden schwarzen Silhouetten der schreienden Mauersegler. Das ist es! Das ist es!!! Ja, die letzten Minuten, Sekunden deines Lebens solltest du draußen in der Natur verbringen. Nicht verborgen hinter Mauern, nicht an Apparate angeschlossen, sondern draußen. Sehen, hören, riechen ein letztes Mal, und dann ...

Dies dachte er und wusste noch nicht um sein Ende, nicht wann, nicht wo, nicht, wie es sein würde.

Wie wir alle.

Denn *noch* starb er nicht.

Zähne

Zunächst die Zähne, der offene Mund.

»Lange Zähne, die so plötzlich wuchsen?«, fragst du.

Nein. Das Zahnfleisch weit zurückgezogen, goldene Inlays, Kronen und eine große Lücke dort hinten oben rechts.

Das ist das Alter, denke ich und meine mich.

Aber der Mund - gigantisch groß - öffnet sich vor meinen Augen.

Bin ich ein Zwerg, jetzt winzig klein, geschrumpft? Oder - das ist doch kein Menschenmund!?

Nun geht alles sehr rasch - ach, noch viel schneller - bevor ein weiterer Gedanke das Licht der Welt erblickt, packen mich schon diese gigantischen Zähne und - schreiend zappele ich - vergebens! - beißen mich entzwei.

Schwärze.

Ich wache auf aus meinem Todestraum. Öffne die Augen und finde mich nicht in meinem Bett, sondern im Wartezimmer des Zahnarztes wieder.

Also nur ein Tagtraum!, denke ich erleichtert, der von Zähnen handelt, wovon sonst? Vielleicht aber doch der Beginn einer tollen Story!

Eine junge Frau kommt aus dem Vorzimmer, wohl behandelt, aber ohne ein Lächeln im Gesicht.

So sollte es doch nicht sein, denke ich.

Ein älterer Herr regt sich auf, als sie zur Garderobe geht, spricht abgehackt kurze Worte.

Ich verstehe nichts. Aber wie sich wenig später herausstellt - denn da verstehe ich alles -, ist er doch kein Ausländer, war es doch nicht das wildeste Platt eines Dorfbewohners aus der Umgebung, sondern Deutscher, der fast hochdeutsch spricht.

Zähne, denke ich und schließe meine Augen, sehr naheliegende Gedanken hier im Wartezimmer des Zahnarztes. Wirklich nicht sonderlich fantastisch.

Von fern das hohe Sirren des Bohrers, Gesprächsfetzen der Damen am Empfang im Nebenzimmer, Papierblättergeräusche neben mir.

Aha eine Zeitschrift! Was mag da drin stehen? Etwa was von Zähnen!?*

*: Tja und hier bricht der Text ab. »Fortsetzen!«, notierte der Dichter noch darunter und tat es bis heute nicht.

Zeichen

An einem anderen Abend, lange bevor es begann, doch schon im Herbst.

Schräge rot-weiße Streifen, eine Sperrkette mitten auf dem Weg. Und das in der Fußgängerzone! Und das während des Altstadtfestes!

Nun ja, kein Hindernis für ihn.

Er sah die Latte vor sich. Da musste er lächeln, zum ersten Mal an diesem Abend. Lächelnd sprang er empor, einfach so, ohne Anlauf, aus dem Stand. Schwebend fast, doch aufrecht lief er über den Köpfen der Menschenmassen dahin.

Niemand sah es. Oder geschah es nur in seiner Fantasie?

Fantastisch!

Du denkst, Fantastik sei der Einbruch des Anderen in deine ruhige, bekannte, sichere Welt, wo alles Ordnung ist.

Aber so ist es nicht. Es gibt Zeichen.

Eins für dich könnte dieses Schweben sein, dieses aufrechte Schreiten in der Luft.

In Gärten und auf Wiesen

Ich werde Erde
Pflanze
Sonn

Am Morgen

Er stand auf am Morgen - mitten in der Nacht, wie er dachte - er stand auf am späten Vormittag, wie jeden Tag in der Woche.

»Wo?«, willst du wissen.

Na wo schon, bei sich zuhause natürlich, wo sonst! Also in seiner Wohnung in Kaiserslautern

Tränen rannen aus seinen verschlafenen Augen.

»Warum weine ich?«, fragte er sich selbst verwundert und - erhielt natürlich keine Antwort. Von wem denn auch?

Tränen tropften zu Boden, den er schon nicht mehr sah, der längst verschwunden war.

Tränen fielen auf kahle Erde, auf Wüstensand, auf erodiertes Land. Dort aber, wo sie Mutter Erde küssten, wuchsen bunte Wesen empor ... nenne sie Blumen, nenne sie Schmetterlinge. Und sie öffneten ihre Blüten. Und sie flatterten lautlos - für seine / meine / deine Ohren - empor und hinein in den wartenden Tag.

Er aber sah dies alles lange Zeit nicht. Erst, als sein trüber Blick sich wieder klärte, lag alles so bunt vor ihm. Staunend blickte er sich um. Dann begann er zu lachen und drehte sich und tanzte wie ein Irrer im Kreis.

An diesem Tag sollte er nicht auf der Arbeit erscheinen. Das wundert dich nicht. Aber seit diesem Tag hat ihn auch niemand mehr gesehen - zumindest keiner von denen, die ihn einst ein wenig kannten. Für sie blieb er für immer verschollen.

Du aber, der du jetzt mit diesem Buch in der Hand vielleicht auf einer Sommerwiese liegst, auf einer Lichtung im Wald, schließe deine Augen und lausche. Hörst du da nicht ein Lachen, siehst du da nicht tief in dir ihn tanzen und dich mit ihm?

Ameise, Spinne, Schlange vielleicht?

Das ist die Wärme, die dich ruft zu sich. Sie zieht dich magisch an. Da kannst du nicht widerstehen. Also läufst du, kriechst du ihr entgegen.

Das ist die Wärme des Morgens, die deinen Körper erhitzt, die Starrheit löst, dich munter werden lässt, bis hin zur Mitte des Tages, zur Mittagshitze, wo du nun wieder den Schatten suchst und nur die Menschen - *Menschen!* - im Sonnenfeuer braten.

Die Antwort

Du wirst es nicht glauben. Alles wäre zu einfach. So aber ist es nicht im wirklichen Leben, in der Realität, dort draußen. Oder etwa doch?

Du hast Recht.

Doch irgendwie war es ihm gelungen. Es passierte, zumindest in meinen Träumen. Also geschah es.

»Was?«

Lausche!

Es begann alles wie gewöhnlich, wie oft zuvor bei anderen auch: Irgendwie hatten sie ihn erwischt, den Ökoterroristen, wie sie ihn in TV und Presse nannten.

»Was hatte er getan?

Etwa ein Kernkraftwerk gesprengt?«

Nein, er wollte niemanden töten. Er wollte Leben bewahren. Die KKWs würden von alleine bersten oder aber aus Kostengründen dichtgemacht werden, auf jeden Fall aber würde der Müll Jahrtausende strahlen, von den Atom-U-Booten dort am Ufer der Meere gar nicht zu reden. Gerade *das* wollte er verhindern.

Ja, in den Zeitungen stand viel: Das, was man den Journalisten erzählte, das, was sie sich so zusammenreimten. Doch was hatte das alles mit Wahrheit, gar mit Wirklichkeit zu tun? Sie schrieben also viel über ihn, so viel und doch eigentlich nichts, nämlich nicht das, was geschehen war.

Die MP-Salve hatte ihn voll erwischt, nachdem er ins Sperrgebiet eingedrungen war: quer über die Brust! Da war alles zerfetzt. Und das auf der Flucht in rasendem Lauf über ein kahles Gelände, wo nichts wuchs (warum wohl?). Dort stürzte er den endlosen Fall - seinen letzten Fall? - in den Schoß der Erde.

Bevor er aber starb, sah er noch, was mit ihm geschehen würde, sah er noch einen seiner Träume real werden mit seinem Tod.

Mein Gott, dachte er, ich bin ein zweiter Christus!

Er sah es, er lächelte.

Dann erloschen seine Gedanken.

Und es begann: Sein Körper löste sich auf. Die Verfolger sahen es und wichen zurück. Sein Körper floss über den Ort seines Todes. Nicht viel, einige Quadratmeter vielleicht nahm er ein. Nein, kein Quadrat, ein rundes Areal, so rund wie das Leben. Und es geschah.

»Wie?«

Irgendwie wurde alles umgewandelt oder ausgetauscht mit den anderen Räumen, Dimensionen, wo niemand lebt und nichts, irgendwie, kein Mensch weiß, wie es funktionierte. Nur eins ist sicher: Es geschah.

Eine blühende Sommerwiese voller Leben wuchs empor aus seinem nun ausgebreiteten Körper und der »altbelasteten« Erde darunter.

Später

Wissenschaftler maßen und nahmen Proben und ... sahen sich verwundert an: keine Strahlung mehr, keine Gifte! Dieser Fleck Erde war geheilt.

Noch begriff niemand, dass *er* die Antwort war, *eine* Antwort, der *andere* folgen würden.

Einer schreit

Er schrie am Morgen dieses herrlichen Tages. Sonn strahlte vom blauen Himmel.

Alle Menschen dort unten in der Stadt lachten, wie es ihm schien.

Warum schreie ich?, dachte etwas in ihm unaufhörlich!

Er wusste es nicht. Er hörte auf zu denken. Doch er schrie noch immer weiter.

Zeit verging. Es wurde Mittag. Er schrie.

Zeit verging. Es wurde Abend. Er schrie.

Und es wurde Nacht. Sonn ging unter.

Er schrie nicht mehr, er schrie nie mehr. Denn die Kreaturen der Nacht kamen und holten ihn und aßen ihn auf.

Ruhe ist!

Eins-sein

Du kniest auf einer Wiese, einer blühenden Sommerwiese.

Vor dir wiegt sich nicht im Wind die Blüte einer einsamen Blume. Eine pollensuchende Biene.

Du siehst sie. Du wirst eins mit ihr, bist eins mit ihr. Du bist eins mit Biene und Blüte und Wiese.

Da schleicht Er heran (glaubt, es sei ohne Laut). Ein schwarzer Schatten ist Er, der jetzt hinter dir verharrt. Ein schwarzer Schatten mit stählernem, blitzendem, erwartungsvollem Grinsen in Seinem Gesicht.

Du hörst Ihn kichern, die Vorfreude auf Seine Tat, die noch ungetan, die nie getan werden wird, die Tat, die keine Tat ist - die Untat! Sein grölendes Lachen in dir! Du hörst seine Gedanken flüstern: Da sitzt er auf den Knien. Er hat nichts gemerkt, wird es nie begreifen, versunken, ertrunken und mausetot. Hahaha!

Du aber bist mit allem eins.

Du aber bist du und Wiese und Er - mit allem eins.

Ein Denken, ein Handeln:

Wie der Blitz stehst du auf, ziehst, drehst dich nach rechts, schlägst mit der Rechten, drehst dich weiter im Kreis, kniest dich wieder hin. Denn eins sind Mensch und Schwert in dir.

Und weiter summen die Bienen, deren Summen nie endet. Und weiter summen die Bienen auf blühender Wiese, die nun Sein Blut so friedlich träumend trinkt, das Blut von dem, der lautlos leblos hinter dir fällt - neben dein blutendes Schwert.

Eins zwei drei*

Bild der Arbeit (Basis)
Dieter hackt mit dem Pickel die harte Erde auf.
Lore und Constanze machen sie klein.

Bild der Schreie (Macho)
Dieter hackt mit dem Pickel Lore
und Constanze klein.

Erde ohne Schrei (Emanzen)
Lore und Constanze hacken auf harte Erde ein.
Ach nein, sie machen ja Dieter klein!

*: Was einem so alles bei einem Ökoprogramm einfällt! (einst in Idar-Oberstein)!

Folge!

Folge der Richtung, in die sein Finger weist!
Wohin zeigt er?
Folge dem Pfad ihrer Augen!
Wohin sehen sie?
Folge der Stimme deines Herzens!
Warum weint es diese Worte?

Dort steht er still, so stumm und starr im weiten Feld.

Vogelscheuche, fällt dir ein.

Aber er ist ein Mensch, ein Mann, das siehst du jetzt, wo du ihn berührst.

Der Mann meiner Träume?, fragst du dich verwundert, denn du bist noch immer allein, so jung und seit Jahren schon kein Mädchen mehr, sondern eine Frau. Also ist's ein junger Mann, so ohne Leben, irgendwie durch irgendwas irgendwann erstarrt.

Jetzt aber fällt dir noch etwas auf. Einen Arm hält er seltsam gewinkelt, gestreckt - nein, nicht seinen rechten nach vorne zum Führergruß, sondern seinen linken Unterarm, seine linke Hand. Der Zeigefinger weist nach oben.

Neugierig folgst du dem Fingerzeig, deinen Kopf weit in den Nacken geneigt, schaust du auf und siehst ...

Dort ist nichts als Schwärze.

Nacht, denkst du verwundert. War nicht eben noch Tag? Schwindel erfasst dich. Deine Hände greifen nach dem starren, stummen Mann. Aber sie greifen ins Leere. Denn da ist nichts. Wie auch über dir nichts ist und nichts ist neben dir und unter dir.

Wo bin ich?, fragt dich eine Stimme in dir. Was? Was geschieht? Wo bin ich?

Nichts siehst du, betastest deine Augen.

Sie sind offen.

Also bin ich blind?

Oder ist da nichts, was ich sehen könnte?

Nur Schwärze?! Sonst nichts?

Du beginnst zu schreien.

Doch deine Ohren hören keinen Laut.

Du willst gehen. Schnell fort von hier! Mit vorgestreckten Händen ...

Doch du kannst dich nicht von der Stelle rühren, nun auch nicht mehr bewegen.

Also denkst du jetzt - Zeit ist vergangen, die Panik langsam verebbt - also denkst du jetzt:

Bin ich nun auch eine Vogelscheuche - stehe jetzt so nah bei ihm - sind wir also ein Paar - für immer und ewig?

Das Gartenfest

Familie Meyer zu Besuch bei Egon und Emma.

»O ja, auch wir hatten einmal Kinder. Jetzt ist es ruhig bei uns geworden. Egon, erinnerst du dich noch?«

Der aber antwortet nicht. Er weiß, dass er keine Chance gegen seine Frau Gemahlin hat. Rein rhetorische Frage, denkt er, wenn die erst am Reden ist, hab' ich Pause für 'ne halbe Ewigkeit. Also nichts zu machen, nur nicht antworten, das gäbe erst 'ne Kanonade! Glatter Selbstmord wär' das! So versucht er auch gar nicht, seinen Mund zu öffnen. Der bleibt zu.

Und Emma redet weiter: »Wie süß sie doch waren! Nur später, da war doch irgendwas ... Ach, lassen wir das! Reden wir lieber wieder über den Garten. Unterhalten wir uns zum Beispiel über den herrlichen Salat. Sieht doch jetzt ganz anders aus als damals, üppig, üppig, prachtvoll gediehen. Ja, damals ... Sie wissen ja, die Kinder fuhren da durch mit Rollern und Tretautos und wer weiß womit noch. Jedenfalls walzten sie alles platt, radikal platt, den ganzen Garten, platt wie 'ne Flunder! Komisch, komme immer wieder auf dieses Thema zurück, muss an Ihren Kindern liegen.

Egon aber erinnert sich, plötzlich steht alles wieder klar vor seinen Augen. Er sieht es, während Emma weiter redet:

»Mir reicht's aber jetzt!«, schrie sie ihre kleine Tochter, drei Jahre alt, und ihren Sohn, viereinhalb, wütend an, rannte in den Schuppen und begann mit dem Bau der Verteidigungsanlagen. Mit Stacheldraht kam sie zurück. Zaun, Tor mit Sicherheitsschloss, Selbstschussanlage (günstig aus Lagerbeständen der DDR, der ehemaligen, bezogen) ...

Da enden die Erinnerungen. Er taucht wieder auf, hört Frau Meyer fragen: »Was wurde denn aus den kleinen, süßen Dingern, ihren Kindern?«

Und Emma antwortet: »Naja, sie sind fort. Eines Tages waren sie nicht mehr da. Sie spielten im Garten. Es ging ja auch alles so schnell. Haben bestimmt nicht viel gespürt. Jetzt ist es ja auch viel ruhiger im Haus. Und der Salat gedeiht. Jeden Sonntag legen wir frische Blumen aus unserem Garten auf das Grab. Die Schüsse waren gar nicht so laut, nicht so wie im Fernsehen. Aber jetzt ist ja alles schön still.«

Hägse

Dort sitzt sie auf dem Zaun.

Dort sitzt sie auf der Grenze zwischen Dorf und Wildnis.

Dort sitzt sie mit gespreizten Beinen, eins nach außen, eins nach innen.

Dort sitzt sie auf dem Hag des Dorfes, die Hägse, die wir heute *Hexe* nennen.

Der Held

Jetzt also!, dachte er.

»Pflanzt mir ein paar schöne Blumen!«, rief er ihnen noch zu.

Sie verstanden nichts, noch nicht, erst später ...

Dann stürzte er sich wie ein Berserker dem Unaussprechlichen entgegen.

So starb er wie ein Held und rettete sie alle.

Sie pflanzten blühenden Flieder auf sein Grab.

Dann vergaßen sie ihn.

Und doch: Ohne ihn würden sie nicht mehr leben und ihre Kinder und Kindeskinder nicht und niemand sonst an ihrem Ort. So viele Wesen und Dinge wären ohne seine Tat niemals entstanden, niemals geschehen.

Sie konnten das nicht verstehen. Es war ein zu komplexes, zu gewaltiges Netz von Ursachen und Wirkungen und Zufälligkeiten und ...

Andere Wesen und Dinge aber erblickten niemals das Licht der Welt, weil er das getan hatte, was er tat.

Auch das hätten seine Freunde und Nachbarn und Geschwister niemals begreifen können. So lebten sie einfach ihre kleinen / großen Leben.

Und so war es gut.

Korn

Du schreitest durch ein wogendes Meer aus Korn. Ein warmer Wind streichelt dir sanft dein Haar. Während du weitergehst, irgendwie beschwingt, leicht high oder so, taucht plötzlich die eine Frage in dir auf und die da lautet: Wohin?

Da hältst du an, erstarrt im Lauf. Hitzewellen steigen auf. »Oh!«, ruft dein Mund. Denn du erinnerst dich nicht mehr, wohin du unterwegs bist.

Dann die nächste Frage, fast automatisch: Woher? Wo brach ich auf?

Nichts!

Doch die wichtigste aller Fragen ist: Wo bin ich?

Du schaust dich um.

In einem Kornfeld, das ist klar.

Das ist aber auch schon alles, was dir einfällt. Ansonsten Blackout, Amnesie oder so. Doch was soll's!

Du gehst weiter durch das wogende Korn. Immer weiter. Und niemand begegnet dir. Kein Mensch!

Noch immer schreitest du durch ein wogendes Meer, noch immer!

Wie lange schon?

Wie lange noch?

Bis in alle Ewigkeit?

Krieger

Du streichelst die Blüte mit deinem Lächeln. Dann siehst du dem kleinen Menschen zu, der vor dir auf der Wiese spielt.

Dies alles aber geschieht, während ein schwarzer Schatten in deinem Rücken sich erhebt.

Wie ein Blitz, drei Dinge sind eins: drehen, ziehen, schlagen. Schreiend fällt die Schwärze zerschnitten zur Erde.

Still reinigst du dein leuchtendes Schwert im grünen Gras dieses Sommertages, der noch nicht zuende geht. Noch immer spielt der Junge, der von alldem nichts bemerkte.

Und wieder lächelst du im Einklang mit Erde und All.

Metamorphose*

Kein Hunger mehr.

Beginne zu spinnen – aus dem Mund.

Jetzt ist Seide über mir.

Eingehüllt in Wände beginne ich zu träumen, verwandle mich.

Erwacht.

Beisse mich durch nach oben.

Licht!

Steige heraus und putze meinen neuen Körper: Fühler, Kopf, Brust und Hinterleib. Lasse meine Flügel vibrieren, während ich noch immer auf der Wabe sitze mit all den anderen, bereit für meinen ersten Flug.

---

*: Verwandlung, Entwicklung vom Ei über Larvenstadien (Maden) und Puppe bis hin zum ausgewachsenen, geflügelten Insekt (in unserem Text eine Feldwespe).

Mordor

Ich habe die Wolken gesehen!

Wolken?

Rasende schwarze Wolken! Wolken, die nicht enden wollten.

Lag auf dem Rücken im Schoße meiner Mutter, in feuchter, warmer Sommerwiese. Heuschrecken sprangen über meinen Körper. Spinnen lauerten im Gras. Und überall das Summen von Hummeln und Bienen und schwebenden Fliegen.

Dann sahen meine Augen empor.

O Mordor, dachte ich, Mordor!*

Nun wusste ich, dass die Nacht nicht weichen würde.

*: Das dunkle Mordor kennen alle Tolkien-Fans aus dem *Herrn der Ringe*.

Das Nebelmeer

Irgendwo im Norden Deutschlands. Nebel steigen auf aus den feuchten Wiesen weit außerhalb der Dörfer.

Du stehst staunend davor an diesem Morgen.

Du siehst die grauen Schleier.

Du hörst den Ruf des Nebelmeeres.

Es ist geschehen, das, wovon du schon immer träumtest. Dieser Ruf erreicht nicht deine Ohren, dieser Ruf erklingt in dir, erklingt in den Tiefen deines Kopfes. Komm!, ist der Ruf der flüsternden Stimme. Komm!

Und deine Beine bewegen sich, Schritt um Schritt, du gehst voran, weichst ab vom Weg, betrittst die weiche Decke aus Wiesengras, betrittst die feuchten Wiesen.

Denn von dort kommt der Ruf, aus dem Nebel oder aber aus der Erde.

Gleich wirst du es erfahren, gleich wirst du es wissen.

Irgendwo dort ist er / sie / es, dessen / deren Gedanken nach dir brüllen.

Du hältst dir die Hände schützend - diese Schmerzen! - vor die Ohren.

Du bist deinem Schicksal nah, so nah, wie nie zuvor.

Du weißt es, du weißt um die Gefahr, die dort auf dich lauert.

Doch du folgst dem Ruf, dem Locken in deinem Kopf, das einfach nicht enden will, niemals mehr endet.

Noch nicht

An diesem Morgen sang der Wind ein Lied in seinen Ohren.

»Wir kommen!«, sang der Wind.

»Wir kommen, dich zu holen!«, sang der Wind in seinen Ohren.

»Nein! Noch nicht!«, schrie er.

Doch seine Stimme ging unter im Brausen des Windes.

Was hatte er nicht noch alles zu erledigen! Er war noch nicht bereit! Nein, noch nicht!

Doch am Abend kamen sie alle und nahmen ihn mit sich fort.

Platanen

Ende Juli, endlich Sommer in der Stadt.

Da sehe ich sie: weit ausladend die Äste und Zweige, so viele große grüne Blätter.

Und alle Menschen gehen blind vorbei.

Ich aber bleibe stehen und schaue hinauf. Und schließe meine Augen und stelle mir vor, ganz oben zu sitzen - unbemerkt von den dahineilenden Wesen da unten - und hinabzuschauen.

Ich öffne die Augen und ... schaue hinab und wende meinen Blick und sehe - nicht meinen rechten Arm und auch nicht meinen linken, sehe meinen Körper nicht mehr und betaste mein Gesicht nie mehr - womit sollte ich es auch tun?

Also Baum geworden, Platane!, denken die letzten Menschengedanken in mir.

Beginne zu träumen im sanften Wind.

Noch ist mir bewusst, dass dort unten Menschen sind.

Doch niemand von denen schaut hinauf. Und keins der Kinder zeigt mit dem Finger nach mir und spricht auch nicht den einen Satz: »Guck mal Mami, da ist ein Mann im Baum!«

Denn alle gehen vorbei, an uns, die wir atmen *sein* Licht und träumen in *ihm*, unserem Vater Sonn.

Das Rauschen

Er hörte es hinter sich.

Da war es, irgendwo in seinem Rücken.

»Wo?«

Im Feld, im Korn, dachte er. Dort kommt es her.

»Was?«

Das Rauschen natürlich!

So drehte er sich um, blitzschnell.

Doch da war nichts.

Also dachte er: Das Rauschen des Win..., hielt inne, denn das Korn bewegte sich nicht. Also war da kein Wind. Also feuchtete er seinen rechten Zeigefinger an und ... spürte nichts.

Doch das Rauschen wurde stärker und stärker und stärker in seinen Ohren oder irgendwo dort drinnen in seinem Kopf, in seinem innersten Wesen, nenne es Seele, nenne es, wie du willst. Es wuchs, und die Geräusche und Töne und Stimmen der äußeren Welt schwanden mehr und mehr unter diesem rasenden Rauschen, diesem Rauschen des Laubes, der Bäche, der Wellen, der Brandung des Meeres, diesem Rauschen der Atome.

O mein Gott, was ist das?, hörte er ganz leise im Rauschen seine Stimme sich fragen. Was ist das nur?

Und diese Frage raste im Rauschen, raste in ihm herum ohne Unterlass und verhedderte und verknäulte sich: nur was das ist was nur ist das was ...?

Also begann er darauf zuzugehen.

Ja, dort! Siehst du ihn nicht? Dort geht er, schau genau hin, folge meinem Fingerzeig! Siehst du ihn jetzt?

Dort auf der Lichtung des Waldes, dort, ja, das ist er, das ist er! Siehst du, er geht darauf zu. Er geht ...

Geht er wirklich dem Abend-Sonn, der roten Glut entgegen, der Nacht und seinem Tod?

Ja!

Nein!

Seine Beine tragen ihn dem Rauschen entgegen. Seine Beine bringen ihn hin. Nur seine Beine sind es, die dem Rauschen folgen.

Nur seine Beine?

Er weiß es nicht, du weißt es nicht. Niemand wird es je erfahren, niemand.

Schau doch, da! Dort geht er dem Nichts entgegen! Immer kleiner wird seine Gestalt an diesem Abend. Immer kleiner!

Ruf - Schrei

Wenn der Ruf erklingt
aus tiefsten Tiefen deines Herzens ...
Das ist der Schrei: »Samurai!«
Ein Blitz, ein Schwert
Die beiden Hälften fallen

Ruf aus den Wolken

Du hörst ihn. Doch du verstehst nichts. Du drehst dich um. Du schaust empor.

Schwarz rast über dir der Sturm dahin.

Diesen Liedern lauschen!, denkst du und breitest deine Arme aus. Du lässt dich fallen.

Nach hinten, in den Schoß der Erde?

Nein! Du fällst nicht nach unten. Du hebst ab, du fällst hinauf und in die Wolken hinein, die auf dich warten.

Ich fliege!, singt deine Seele. »Ich fliege!«, ruft dein Mund.

Nun weißt du, wer da eben noch rief, dort oben im Wolkenmeer: Du!

Schmetterling*

I

Erwachte aus dunklem Schlaf
wo Wandel war, nicht Ruhe
Brechen auf die gläsernen Hüllen
Pumpe das Blut in meine Flügel

II

Es fängt mich ein
das Meer aus Licht
Wärme trägt mich weit empor
auf zartbeschuppten Schwingen

*: Titel in der ursprünglichen Fassung: *Lepidoptera*, das ist der wissenschaftliche Name für die Ordnung der Schmetterlinge.

Sonn am Morgen

An diesem Morgen ging ich hinaus, heraus aus Wohnung und Haus und Stadt und sank nieder in das feuchte Gras.

Dort geschah es. Ein Tropfen von Tau fiel herab von einem Baum. Sonnenlicht traf meine Augen, glühte im Zentrum meiner Stirn, von Spiegeln gespiegelt hinunter in den Bauch, Hara, Zentrum der Stille und der Welt.

Da hörte ich die Gräser singen, hörte sie wachsen und singen. Klang ist die Welt. Und auch ich sprach, sang, lebte lange Zeit das Wort der Worte OM.

Doch Sonn traf mich ein zweites Mal.

Taumelnd stand ich auf, sah mich träumend unter mir liegen.

Taumelnd hob ich mich empor, meine gläsernen Flügel zu entfalten.

Lautlos brachen sie auf an diesem Morgen.

Lautlos singend schwebte ich sanft dem Licht entgegen.

Das Sonnenlied*

»Stürzen wir uns in ihn!«

Sie hatten sich auf einer Wiese versammelt. Einer unter ihnen sprach diese Worte, einer im Zentrum des Kreises aus sitzenden Menschen. Und alle sprachen seine Worte nach: »Stürzen wir uns in ihn!«

Es war Mittag und Herbst. Strahlend stand Sonn am Himmel. So erhoben sich Vorsänger und alle, hoben sich auf von der Erde, breiteten die Arme aus und sangen das Sonnenlied.

Staunend stand ich da, sprachlos und mit offenem Mund. Denn sie hoben ab von der Erde, Hand in Hand stieg auf der singende Kreis, einer umringt von allen, strahlend hinauf in *sein* Licht.

Dann irgendwann, Minuten später - oder waren es Stunden, Tage, Jahre? - war da so plötzlich ein leuchtender Schlag in meiner Seele. Denn fern der Erde, näher dem Sonn verglühten sie alle noch immer singend zu Asche.

*: In der ursprünglichen Fassung im Kapitel Sonn über Beton enthalten.

Steigt auf der Regenbogen

Strahlender Sonn am Morgen
Winziger kniender Mensch, der weint
Aus Tränen und Sonn geboren
steigt auf der Regenbogen
von *ihm* zu *ihr* in weiter Ferne
umarmt er Mutter Erde

Das Tier und das Mädchen

Einen Moment zögerte das Tier, als es das kleine Mädchen sah, das da saß im Lotossitz auf einer Wiese und die Augen aufschlug: Erwacht!

Bruder!, sprach sie lautlos in ihm.

Es aber packte zu und fraß seine Schwester auf.

Ich aber sah alles - Schwester und Bruder und mich - sah alles zugleich.

Denn wir alle sind eins:

Ich bin der Mann, die Frau und ... das Tier ist kein Tier, sondern die eine Seite.

Und das Mädchen ist kein Mensch, sondern die andere Seite.

Und Böse und Gut sind Gut und Böse, Vorder- und Rückseite der einen Münze mit Namen Gott.

Unter dem Winde

Unter dem Winde liegen
stehen, wachsen, leben
auf den grünen Wiesen der Erde
Pflanze sein
das Sonnenlicht trinken

Der Vogelfänger

»Hier bin ich!«, sang er, der kein Mensch war, sang er am Morgen, eins mit dem Gesang der Vögel, und breitete seine Arme aus zum Kreuz. Aufrecht stand er so über der Frühlingswiese. Und niemand sah ihn dort. Und niemand sah ihm zu.

Irgendwann geschah es auch diesmal, wie immer: Sie kamen, setzten sich auf Hände und Arme und Haupt.

»Wer?«, willst du wissen.

Die Vögel! Alle Arten von Vögeln, alle Vögel dieses kleinen Ortes. Sie schienen festzukleben, wie Fliegen in den Radnetzen der großen Spinnen.

Er aber begann nun aufrecht im Sumpf der Wiese zu versinken. Und mit ihm all die zwitschernden Frühlingsboten.

Stille lag über dem Ort, Stille jenseits der dröhnenden Autostraßen. Schwarze Wolken rasten heran. Sturm kam auf und riss die Blätter von den Bäumen. Sturm und peitschender Regen, der Wiese und Bach anschwellen ließ zu ungeheurem See, endlos scheinenden Wassern. Inseln von Dächern ragten heraus.

Er aber stand noch immer aufrecht wie ein Kreuz im Sumpf unter dem See. Langsam fielen die toten Vögel von ihm ab, sanken, schwebten tiefer in lautlose Schwärze, wo die Kleinsten der kleinen Wesen lebten, nur eine Zelle groß, »Bakterien« von Wesen genannt, die es hier niemals geben würde. Dort unten warteten sie alle schon auf ihre Nahrung. Und sie aßen, wuchsen und vermehrten sich. Denn nichts geht verloren und nichts kommt um im Kreislauf des Lebens dieser Erde.

Wiedergeboren

Deine Augen sind offen. Also öffnest du sie nicht.

Wo bin ich?

Summen und Singen in der Frühlingswiese. Blütenduft. Ja!

Noch siehst du nichts. Aber du hörst es von fern. Du arbeitest dich empor, dem Licht, der Wärme entgegen.

Jetzt ruhst du, jetzt wirfst du ab die Erdenhülle. Jetzt wirst du hart.

Ich höre, ich sehe, ich rieche, ich fühle Wärme. Du erinnerst dich nicht, noch nicht? Nein, nie wirst du dich erinnern, was vorher war, was dir einst geschah. Du bist nun hier. Und nichts ist sonst. Deine Augen sind immer offen. Bilder, so vielfach, so unbeschreiblich, so facettenreich! Du hast Hunger. Die Luft vibriert. Du duckst dich, bereit. Das Vibrieren aber sind Worte aus einer anderen Welt. Doch das weißt du nicht. Damals hättest du sie verstanden. Worte aus dem Mund eines kleinen Menschen: »Schau mal, Papi, dort ist eine ganz kleine, ein Baby!«

»Ja, sie ist gerade aus der Erde gekommen, dort unten aus einem Ei geschlüpft. Tu der kleinen Heuschrecke nichts! Auch sie will leben!«

Jetzt reicht's aber mit dem Lärm. Du springst davon.

Mein erster Sprung!, denkst du.

Neben dir die anderen, vor dir das duftende, leckere Gras. Du beginnst zu essen. Und während du isst, kommen die Träume. Ich werde fliegen!, denkst du. Irgendwann werde ich groß sein und fliegen.

Ja, so wird es sein, wenn alles gut geht, so wird es sein. Du wirst die Luft durchschwirren. Und Tausende neben dir. Ein brausendes Heer!

Zauber

»Ich bin das Leben!«
sang er in den beginnenden Tag
und begann zu erblühen

Der Penner im Park erinnert sich

»Auch ich«, lallt der Penner, »bin hier!«

Ja, nicht immer, aber immer öfter, manchmal liegt auch er auf einer dieser im Kreis stehenden Bänke, die nur nachts verzaubert sind.

Ach, jetzt erinnert er sich. Einmal sah er ja den jungen Mann am hellen Tag hier sitzen. Damals war es, im Licht des Sonn, lange vor dieser einen Mondinnacht.

Was macht denn der da?, wunderte sich der Penner. Sitzt da doch ein junger - nun ja, nicht mehr soo junger - Mann auf einer Bank. Es ist früher Nachmittag und gar nicht sonderlich romantisch. Sonn scheint. Aber er sitzt im Schatten und liest in einem Buch. Neben ihm liegen auf der Bank ein kleines Lineal, ein Kugelschreiber und fünf Textmarker in den Farben rot, orange, gelb, grün und blau.

Mann, der malt sein Buch ja bunt! Oder ist da irgendein System, ein Sinn, ein Zweck darin, dahinter?

Was der Penner aber nicht weiß, aber so ist es nun einmal, ist dies: Kinder sind besonders fasziniert von diesen bunten Stiften, so auch damals Neffe Oliver!

Der Titel des Buches?

Lexikon des Geheimwissens von Horst Miers.

Jetzt wird's aber magisch und fantastisch, denkst du?

Ach, woher, es ist, doch heller Tag, Sonn scheint und der junge Mann sitzt nur da im Schatten, liest, streicht an und - ha, jetzt steht er auf und geht nach Haus und nicht in den Wald, in dem wir uns nun befinden.

174

Wald und Berg und Wand

Wand aus Grün und Licht
Näher, näher, näher!
W A N D!

Meine Augen schrien auf vor Angst
wollten sich schließen
schlossen sich
Doch meine Seele durchbrach die Grenzen
trat staunend ein ...

A zu B oder der Adler

A.: »Warum bluten deine Schultern?«

B. (mit leiser Stimme, verträumt): »Es war der Adler, der seine Klauen in sie grub.«

A.: »Wo ist er? Was wurde aus ihm? Und überhaupt, Adler heutzutage? Gibt's die denn noch?«

B.: »Es ist meine Sehnsucht nach endlosem Flug. Dort oben in den Bergen dem Sonn entgegen. Diese Sehnsucht ist es, die Herz und Hirn mir bluten lässt.«

A.: »Doch warum bluten dann deine Schultern?«

(Dies aber sollte A. niemals erfahren, denn B. schwieg nun für immer).

Abschied

»Was tust du?«

»Ich steige auf!«

»Wohin?«

»In die Berge, in die Berge!«, flüsterte er gänzlich weggetreten.

»Was, so ganz ohne Ausrüstung und Gepäck?«

Er antwortete nicht mehr, nie mehr.

Denn schon erhob er sich auf den Flügeln seiner Gedanken, stieg empor in die wolkenverhangenen Himmel über den grünen Hügeln. Weit, weit, schon über dem Wald entschwand er im Nebel ihren Augen.

Sie sahen ihn nie wieder.

Adler nicht, doch Geier!

Jetzt breitest du deine Arme aus - an diesem Morgen, der immer wärmer wird.

Deine Arme sind Flügel. Und deine Augen sahen nie zuvor so scharf hinab in das weite Land vor dir. Federn bedecken deinen leichten Körper. Warm weht der Wind und immer wärmer aus tiefsten Tiefen empor an dieser gigantisch hohen Klippenwand.

Dann springst du, stößt dich ab mit deinen Fängen und schlägst mit den Flügeln, höher und höher, dann geht es ohne Flügelschlag in Kreisen empor - empor!

Ich fliege! Bin Vogel! Bin Adler! Ich schwebe! Und denke wie ein Mensch, noch immer?, singt deine Seele.

So ist es. Du bist es!

»Schau, dort oben kreist ein großer Vogel!«, ruft ein Menschenmädchen, dort, so weit unter dir, und zeigt hinauf.

»Ja«, antwortet ihr Vater. »Ein Geier, der sieht auf uns herab. Wären wir krank oder am Sterben oder tot, dann käme er runter. Denn Geier sind Totengräber.«

»Oh«, staunt das Kind und schaut noch immer hinauf. »Dann frisst er uns auf?«, fragt sie ängstlich und erhält keine Antwort.

Du aber schwebst weiter, kreisend, kreisend, immer höher, einer jetzt unter vielen, die sind wie du.

Caldera

Da gehst du also gerade so nichtsahnend die Straße entlang, zur Stadtbibliothek hin, deinem Nachmittagsjob, da hörst du die Worte:

»Der schwarze Engel steht auf, Wellen breiten sich aus, und Menschenwelten vergehen.«

Und du siehst Bilder:

Die Caldera ist ausgebrochen. Irgendwann musste es ja wieder geschehen. Vor Kurzem hörtest du davon, dass es möglich wäre, dass es irgendwann einfach geschehen müsse.

Jetzt aber geschieht es!

Gnade uns Gott! Der Himmel verdunkelt sich.

Gas.

»Luft! Hilfe, wir ersticken!«, schreien so viele ein letztes Mal.

Dann sinken Milliarden dahin: Menschen, Tiere, Pflanzen und auch die Kleinsten unter den Kleinen.

Asche zu Asche und Staub zu Staub!

Der da hängt

Da siehst du einen baumeln am Baum.

»Na, Junge! Das war's wohl, was?«, fragst du den, der da an einem Strick hängt und nicht antwortet. Er antwortet nie mehr.

Was solltest du dir schon antworten?

Nein, nicht, dass der Tod dich daran hindern würde, das ist es nicht. Aber du weißt ja so wenig, eigentlich weißt du nichts, was du natürlich nicht zugibst.

Also bleiben wir dabei, du weißt ja so wenig. Was du aber überhaupt nicht weißt, das ist die Ursache, der Grund, das Motiv für deine Tat. Du warst doch glücklich, oder etwa nicht?

Doch!

Ha! Da ist es! Jetzt erinnerst du dich wieder. So war es: Du sahst ein Schauspiel. Irgendwer wartete auf irgendwen, der nie kommen sollte, nie kommen konnte, da Gott GODOT* versteckte. Und auch die anderen zwei warteten vergebens auf ihn, suchten einen Strick, den Baum hatten sie schon, auch wenn er sie nie getragen hätte. Aber sie versuchten es ja gar nicht. Da war es. Das war dein Motiv. So musste es gewesen sein.

Als die Vorstellung endete, dachtest du: GODOT oder Baum, das ist hier die Frage.

Ich aber warte nur einen Tag und eine Nacht.

Du tatst es. GODOT erschien nicht. Und du hattest einen Wald voller Bäume zur Verfügung, wenn auch viele tote darunter waren, wer weiß wovon? Vom Sauren Regen vielleicht?

Es war das erste Mal, das du hinaufkamst, hoch hinaus, hinauf auf diese Fichte. O ja, es war ein schöner Baum. Und er hatte kräftige Äste und lebte sogar noch! Du bandst das Seil fest, legtest dir die Schlinge um den Hals. Gerne hättest du den untergehenden Sonn noch

*: Samuel Beckett: *Warten auf Godot.*

einmal gesehen, aber es war April und regnete in Strömen. Niemand kam, um dich zu retten. Auch nicht die
Liebe, noch sonst irgendwer. Also sprangst du.

Dann ging alles sehr rasch - mit einem Knacks.

Und du tratst heraus und sahst dich dort baumeln und
stelltest diese eine Frage und gingst.

Diese Wolken

Du schaust empor in die Himmel.

Diese Wolken!, brüllt es in dir auf vor Entsetzen.

Du erinnerst dich - an einen gewissen Hermann Hesse, der die Wolken so liebte.

Das bin nicht ich!!, schreit Panik aus dir.

Du gehst schneller, immer schneller. Jetzt rennst du. Mein Herz!

Du musst dich ausruhen. Es geht nicht mehr. Also hältst du an im Lauf. Also schaust du wieder empor in die Him... Ein einziges Wolkenmeer. Weder Bläue noch sternerleuchtete Schwärze. Schwarz-graue Wolkenberge, wohin du auch schaust. Überwältigt. »Ooh!!!«, ist der einzige Laut - in dir.

Du fällst auf die Knie. Du neigst dein Haupt - nein! - etwas stößt deinen Kopf hinunter auf den Straßenasphalt. Nieder! Wurm!«, donnert eine Stimme in deinem Kopf.

So weinst du still vor dich hin, während die Dunkelheit wächst dort draußen - und tief in dir.

Ein LKW donnert heran. Der Fahrer ist kurz eingenickt - Sekundenschlaf.

Zermalmt!

ERSIE oder SIEER

Er rammt *ihr* seinen hinein. Und *er* rammt *ihr* seinen hinein.

Nein, ich wiederhole mich nicht! Denn *er* ist er für sie und sie für ihn, und *sie* ist sie für ihn und er für sie.

Denn beide sind Mann und Frau zugleich.

Denn beide paaren sich synchron miteinander.

Beide sind längst in Ekstase geraten, nachdem sie die Pfeile des anderen trafen. Liebespfeile aus Kalk.

Beide sind nun fest verbunden und tauschen ihre Spermatophoren aus.

So geschieht es unter unseren Augen.

Aber wir sehen es nicht. Wir wissen es nicht.

Denn beide sind klein im Vergleich zu uns Menschen.

Beide sind Schnecken, Weinbergschnecken.

Ja, so nennen wir sie!

Hass

Und seine Gedanken waren Hass. Und sein Hass ein Sturm, der das Grün von den Bäumen riss. Und die Wasser der Seen wurden Dampf! Und sein Hass zerfetzte die Körper der Menschen. Hass waren seine Gedanken.

Da trafen wir uns.

Und ich schrie auf vor Schmerzen. Und die Zeit stand still. Halt! Halte ein!, sang bittend mein Geist sanft in ihm, der es nicht tat und niemals tun würde. Währenddessen wuchs ich und wuchs und sprengte die Fesseln seiner Gedanken, ließ wenden sein Haupt.

Er sah zurück und brach zusammen, so plötzlich, so lautlos. Tränen sah ich da auf seinen Wangen. Seine Stimme aber zitterte und sprach: »Verzeiht!«

So war das eine magische Wort zu mir gekommen, so wurde das Wort Tat. Denn gemeinsam zogen wir nun weiter, weit über die Erde. Und Leben begann zu blühen, wohin wir auch gingen. Und Liebe und Licht zogen ein in die Seelen der Menschen, die wir trafen auf unserem langen Weg.

Hinauf

Schau hinauf in die Kronen! Schau!

Sie beginnen zu tanzen, sind schon ganz hin- und hergerissen.

Jenseits der Kronen aber liegt schimmernd das Meer.

Hörst du sein Rauschen?

Sturm kommt auf.

Jetzt beginnen die Regenwaldriesen dort oben weit über dir zu schwanken.

Du siehst die Himmel nicht mehr.

Da stehst du auf, hebst die Arme empor und deinen Geist.

Und über dir öffnet sich das dichte Dach aus Laub.

Und über dir brandet wieder das Meer.

Du aber schwebst empor, tauchst ein ...

Im Wald

Dein Weg durch den Wald. Es ist 14.00 Uhr. Sonn scheint - warm! Doch das im Oktober! Altweibersommer! - vielleicht?

Tief hängende Fichtenzweige. Sanftes Streicheln über dein Haar erwartest du, aber es kratzt. Das Netz einer Spinne legt sich über deine Stirn. Du gehst weiter dem Sonn entgegen, den Hügel hinauf.

Auf dem Pfad durch den Wald erblickst du Eicheln am Boden. Wildschweine!, denkst du und schaust dich um nach Bäumen mit tiefhängenden Ästen. Wenn so ein Keiler angeprescht kommt, heißt es rennen und nichts wie rauf auf den Ast! Oder doch lieber ruhig bleiben und ganz entspannt an ihm vorbeischauen, damit er dir nichts tut?

Weiter gehst du durch den Mischwald aus Eichen und Fichten. Wie es hier wohl ist um Mitternacht?, fällt dir ein. Du siehst, du hörst, wie es sein könnte - wie es ist?

Das Rauschen des Laubes im Wind, nicht anders als jetzt. Aber Dunkelheit, eine leuchtende Volle Mondin dort oben zwischen den Ästen, so groß, so nah und unheimlich - magisch. Und der Zweig, der dich berührt, jagt dir Schauer über den Rücken.

Und dann ist da die Lichtung, dort vorne, die jetzt im Sonnenlicht liegt und auf dich wartet, wo du dich nun hinkauerst an einen Fichtenstamm und all dies niederschreibst. Von fern das Autobahnrasen, so nah das Rauschen des Windes im herbstlich verfärbten Laub. Vor dir ein Nadelhaufen der Kleinen Roten Waldameise, umwachsen vom Gras der Lichtung.

Die Lichtung, denkst du. Mitternacht. Vollmond. Die Lichtung. Und der Wind wandelt sich zum Sturm, fegt die Blätter des Herbstes von den Bäumen.

Dort kniest du nieder. Dort findest du dich wieder, aufgewacht aus deinem Traum, in dem irgendwer oder - was deine Schwerter in drei Teile zerbrach.

Du schaust empor. Du weißt: Etwas wird aus den Tiefen des Raumes kommen oder hervorbrechen aus dem Dunkel des Waldes. Etwas, das dich rief, aus deinen Träumen weckte. Hier wartet es auf dich, auf dieser Lichtung im Wald bei einem kleinen Ort mit Namen Limbach, wo du einst die Schule besuchtest vor langer Zeit. Hier!

Irgendwo zu einer Zeit

Dein Kopf fällt dir ins Genick. Und auch dein Körper beginnt zu fallen, nach hinten, nach unten. Kopfüber, kopfunter stürzt du hinab.

Gedanken: Irgendwann schlage ich auf, mit dem Kopf voran, auf Felsengestein: PLATSCH! Matsch. Hirn zu Brei. Das war's! Exitus! Aus! - Wie im *Kliff* von so'nem unbekannten kleinen Schreiberling - mein Gott! - schreibt der vielleicht gerade meinen Fall - Einfall, mein Fall - im wahrsten Sinne des Wortes!

Du aber, der du dies alles denkst, rasend denkst, während du fällst und noch immer fällst und fällst, schlägst nicht auf. Weiter rast du ins Nichts.

WAS IST GESCHEHEN? Noch immer im lautlosen Fal...

Wie seltsam!, denkst du und fällst - nichts ruft, nichts singt, nichts redet - in S T I L L E .

Kilimandscharo

Du wächst empor, rasend, an diesem Morgen.

Welch ein Leben!, singst du in weichende Nacht, die du nicht siehst ohne Augen, hier auf diesem, deinem Berg.

Bricht Sonn durch Wolken.

Weinend schmilzt du zu nichts. Ein Morgen - dein Leben.

Dich nannten die, die kein Leben sahen, die dich nicht lebend nennen, dich nannten die Menschen, die für alle Dinge Namen haben und doch wieder nicht, einfach nur *Eiskristall*.

Laubes Flüstern

Anfang Oktober: *Tag der Deutschen Einheit*, noch nicht lange.

»Das verflixte siebte Jahr«, meint irgendwer irgendwo.

Aber du bist auf dem Weg zum Bahnhof. Weshalb? Wegen der Fahrkarte nach Frankfurt zur Buchmesse. Du willst wieder hin wie jedes Jahr.

Diesmal jedoch soll alles anders kommen. Denn niemals mehr wirst du wieder dort sein unter Freunden.

Noch aber gehst du gutgelaunt an den noch grünen Bäumen und Büschen vorbei, bemerkst, dass da schon trockenes, braunes Laub zu deinen Füßen liegt. Es wird Herbst. Denn die Luft ist kühl, und die Nächte sind kalt, wie so viele Tage schon zuvor im Sommer - Grenzen scheinen zu zerfließen: Neuzeit, Zeitenwende, Anderszeit, Anderswelt - wächst alles zusammen, wird alles eins.

Noch brennt heiß Sonn herab, denkst du und schaust das grüne Laub der Büsche neben dir. Und dann ... da wandelst du dich in einen Busch. Dein Körper ist Blättermeer, grün. »Ich lebe!«, flüstert deine Blätterstimme Menschenworte dir in deine schwindenden Ohren.

Doch auch das letzte Flüstern verstummt im Rauschen und Singen des Laubes, das lebt, das lebt!

Kein Mensch sah die Konturen deines menschlichen Körpers im noch immer grünen Laub verschwimmen.

Mensch

»Wer bist du?«, fragt das wärmende Licht des Mittagssonn.

Ich ... ich ... ich, stottert mein Geist und weiß keine Antwort.

»Wer bist du?«, flüstert das Licht der Vollen Mondin mir zu um Mitternacht.

Schreiend wälze ich mich im Laub des Waldes, wühle mich ein in warme Erde.

Denn eisig ist die Luft dort oben über der Erde im laublosen Winterwald.

»Wer bist du?«, spricht leise eine Stimme in mir, spricht Mutter Erde, in deren Armen ich nun ruhe.

Schluchzend sucht mein Mund nach ihren Brüsten und findet sie nicht. Denn sie sind verdorrt. Jetzt verstehe ich: Nie wieder werde ich an ihnen saugen. Niemals kehren wir zurück ins verlorene Paradies.

Regenwaldtag

Schwarze Geier kreisen und kreisen, fallen aus den Himmeln.

Noch immer kein Regen.

Schwarze Geier picken, picken die Eier der Schildkröten auf - und dann auch noch die irregeleiteten, die langsamen, die zu spät gekommenen Neugeborenen, die das Leben bestraft, so früh und mit dem Tod!

Reh

Zunächst der Klang, der Ton, die Musik, das Lied so tief in mir. Einst hörte es irgendwer irgendwo. Einst schuf es ein anderer in einer anderen Welt. Ein Lied, das mich hinwegfegt aus meinem Körper.

Dann brechen hervor zum Ton die Bilder. Dort vor mir steht sie im Mittagslicht. Dort zwischen Büschen schaut sie auf vom Äsen.

Du!?, denke ich verwundert. Du, hier?

Zaghaft nähert sich die Ricke dem Menschen, dem gänzlich verzauberten Magier, der nichts sagt, nichts tut - versteinert. Er sieht ihr in ihre sanften braunen Augen und weint. Sie leckt seine Hand.

Und die Bilder zerfließen hinter Tränenschleiern des Glücks.

Dann ist alles vorbei. Ich öffne die Augen und ... nirgendwo ist da ein Reh! Ich reibe mir die Augen. Oh, mein Gott, die Liebe!, denke ich. Sie kam zu mir. Sie sah mich an. Sie berührte mich so sanft!

Dann gehe ich weiter meinen weiten Weg. Allein.

Der Reiher

Du siehst ihn am Morgen und denkst: Das ist doch kein Vogel, sieht aus wie ein Mensch!

Dort auf dem Hügel steht er still. Das lange Schwert bereit zum Stoß. Also lauert da kein Reiher am Morgen nicht im See und nicht auf Fisch.

Ist er ein Mensch?, fragst du dich und wirst dich ihm nicht nähern. Niemals, nie, nein!

Denn dort vor ihm liegt die tiefe Schlucht, und du weißt, wer dort unten wartet. Du weißt, was mit denen geschieht, die ihren Mund nicht halten können, die einfach zu neugierig sind, die nur eine der drei Fragen stellen, die da lauten:

»Wer bist du?«

»Was tust du hier?«

»Auf wen wartest du?«

Immer wieder siehst du die Bilder vor dir. Du weißt, dass diese Worte ihre Letzten waren. So schreitest du schweigend an ihm vorüber. Denn das Bild, das du sahst, das du siehst, ist dies:

Tief treibt er sein Schwert in den Bauch des Fragers. Blitzschnell der Stoß, rein und wieder raus. Griffwechsel. Und das Langschwert in beiden Händen trennt den Kopf vom Rumpf. Schon stürzt er sich auf den zuckenden Körper. Aus dessen Hals sprudelt das Blut, das seine Nahrung ist. Er saugt es ein und fängt es auf und saugt noch immer.

Dann folgt der blutleere Körper dem Kopf in die Schlucht.

Und der dort auf dem Hügel steht wieder still, das lange Schwert bereit zum Stoß.

Sehen und sterben

Ein anderer Samurai vor dir. Noch zieht er nicht sein Schwert.

Sprachloses Staunen. Das ist kein Mann! Die Frau deiner Träume. Sie lächelt dich an, verzückt.

Doch das Bild von ihr, ihr Abbild nur in deinen Augen wackelt und wankt, dreht sich, entschwindet ganz. Denn dein Kopf rollt ins Gras.

Er, ein Magier gar?, einer mit einem scharfen Schwert reinigt die blutige Klinge im Gras. Dann wandelt er sich zurück in den Fuchs, der er immer schon war!

Sein Blut

Wir waren alle durstig nach langem Wandern, als wir ihn fanden im Schatten der Eiche, im heiligen Hain dieses ungenannten Ortes. Einem Standbild gleich, scheinbar ohne Leben, stand er da, so still. Wir kamen wankend und neugierig näher.

Er aber hob seine Arme empor, streckte sie nach vorne, legte die Hände zusammen. Nun aber floss leuchtend-blaues Wasser, quoll empor in die Schale seiner Hände, floss in Strömen hinab. Wir krochen heran, legten uns unter den Strom, fingen das Nass auf mit Mund und Händen, sogen es ein. So stillten wir unseren Durst und wussten zugleich: Dieser Strom war sein Blut.

Sein Gewand

Vor dir liegt ein herbstlicher Wald, buntes Laub zu deinen Füßen. Du erinnerst dich, ja?

Wieder wirst du um Jahrzehnte jünger, gehst schlürfend durchs Laub, das über deine Schuhe rutscht, zur Seite stiebt. Doch der Duft, der aufsteigt, ist Wald.

Irgendwann dann aber, während du so gehst, spürst du etwas Festes vor deinen Füßen. Es gibt einen Ton von sich, es ruft! Da bleibt dir doch vor Schreck dein Herz fast stehen. Na, so was!

Das Laub zu deinen Füßen steht auf. Du siehst seine lustigen Äuglein, nun ja, Augen. Es ist ein großer Mann, 1.90 m hoch ragt er nun auf vor dir, in buntes Laub gekleidet.

Perfekte Tarnung!, denkst du.

Doch schon wandeln sich sein Kleid und auch sein Laubgesicht. Jetzt wird er Mensch in leuchtend grünem Gewand. Er spricht: »Hallo, kennen wir uns?«

Da bist du völlig baff. Denn du erkennst ihn. Er ist es, den wir Manfred den Magier nennen.* Er lächelt dich an. Er reicht dir die Hand zum Gruß.

So viel willst du von ihm wissen, vor allem zunächst etwas über sein Kleid. Also spricht der Magier: »Ja, einst erhielt ich es, als der Wandel begann, damals in der Nacht unter den Sternen, damals in Kaiserslautern. Ein Gewand, das dich schützt vor Gefahr, Kälte und Wärme, das sich wie deine Umgebung färbt - Mimese - das ein Luftpolster an dich presst in der Kälte, das sich weitet und fast verschwindet und dich kühlt in brennend heißer Wüste, das trocknet, ehe du dich versiehst, das sich selbst reinigt, das mehr ist als eine zweite Haut. Solch ein Gewand war immer schon mein Wunsch gewesen. Schau!«

*: Siehe Roman: *Der Leuchtende Pfad des Magiers.*

Jetzt ist er vor dir wie der tote Wald dahinter. Nun sieht er aus wie ein Baum im späten Herbst: kahle Äste vor hellem Himmel und dunkler Erde. Wenn du nicht wüsstest, dass er es ist, du würdest vielleicht nur seine Augen sehen.

Und jetzt, da er sie schließt, hast du ihn ganz aus den Augen verloren.

Was du aber nicht weißt, ist dies: er sieht nun nicht nur aus wie ein Baum, er ist es fast, ist zur Eiche geworden, alt ist er und mächtig, eine Eiche im späten Herbst, die schläft und träumt vom Frühling nun.

Sonn geht auf

Sonn geht auf über den Bergen (Wie kitschig! Aber so ist es! Schön!).

Und *seine* Krieger stehen auf aus ihren Gräbern der Nacht. Denn *er* ruft sie an und in den Tag: »Wacht auf!«

Und mit der Morgendämmerung legen sich die Kreaturen der Nacht schlafen.

Niemand folgt jetzt dem Ruf der Mondin, niemand mehr. Denn Licht bricht herein über diesem Teil von Mutter Erde.

Er ist ihr Vater.

Er weckt am Morgen seine Kinder und schickt zugleich die anderen in den Schlaf.

Sonnentanz

Lautlos
im Rauschen des Windes
schweben die Kronen
durch Licht
Gemeinsam
um hellblaue Leere
schwanken die Stämme
und tanzen
in *seinen* Strahlenträumen

Um die Ecke

Also, da biegst du doch um die Häuserecke, ja genau dort, ein paar Meter von deiner Wohnung entfernt, verkehrsberuhigte Zone, deiner Stammkneipe gegenüber, da ...

Ein zwitschernder, summender Regenwald. Fern hinter gigantischen Kronen dort oben strahlt der Sonn.

Staunend bleibst du stehen und drehst dich im Kreis, den Kopf leicht in den Nacken geneigt, die Augen in die Himmel gehoben und ...

Flatterst berauscht in Wolken von Duft, hier oben, wo das Leben blüht zwischen den Kronen der Riesen. Den Menschen dort unten so fern, den siehst du nicht mit deinen Facettenaugen. Aber du streckst deinen Rüssel aus und saugst den Nektar der Blüte, während im Rücken deine Flügel rasend schlagen. Ein Summen unter vielen Klängen. Ein Schmetterling unter vielen ...

Du öffnest deine Augen. Du liegst auf deinem Bett, voll bekleidet. Verwundert schaust du dich um in deinem Zimmer.

Habe ich nur alles geträumt?, fragst du dich, der du beim Stand deiner Finanzen, mit deinem jetzigen Einkommen und beim Zustand deines Herzens wohl niemals in die Tropen reisen wirst. Ein Traum, ein ewig unerfüllter Traum.

Die Wand

Plötzlich war er winzig klein. Vor ihm ragte auf in unendliche Höhe die graue Wand.

»Hier ist die Grenze des Landes, Leben genannt«, sprach irgendwas, sprach irgendwer in ihm. »Alle Wege enden hier!«

Er sah empor und weinte. Denn er wusste, nie würde er diese Mauer überwinden, weder sie durchdringen noch ihre Glätte erklimmen. So setzte er sich weinend in das grüne Gras.

Alt war er nun, so rasch alt geworden. Eben noch, so kam es ihm vor, in hohen Sprüngen von Ziel zu Ziel geeilt und doch niemals eins, also keins erreicht. Hier soll ich nun enden!?

Alt und hässlich war er nun und so grau wie die Wand vor ihm und schrie den stillen Schrei der Einsamkeit. Niemand war da neben ihm. Niemand hätte helfen können, die Wand zu überwinden.

Halt! Einen gab es doch, der es konnte. Dieser aber lag tief und schlummernd in ihm. Niemals zuvor war er erwacht, nie würde er es tun. So blieb für ihn die Wand für alle Zeit ohne Tür.

Da wurde Zorn in ihm. Zorn war.

Zorn aber ist nicht der Schlüssel zu unsichtbaren Toren.

Also tobte er und schrie und sprang.

Erschöpft setzte er sich nieder und hatte doch nichts erreicht. So saß er da. Dann lag er lange Zeit. Er wurde immer kleiner. Tränen, Wut und Zorn zehrten ihn aus. So lag er vor der grauen Wand und hauchte seinen letzten Atem aus.

Irgendetwas muss er aber noch gesehen haben. Denn die anderen entdeckten einen Anflug von Lächeln in seinem leichenstarren Gesicht.

Die anderen?

Das sind die Wächter der Mauer, das sind die grauen Wesen in grauen Kleidern, die aus grauen Toren nun stürzen, grau aus Grau und ohne Ende.

Sein Lächeln aber kündet davon, dass unser Erdenleben nicht mehr ist als ein kurzes Erwachen aus schlummerndem Schlaf, nicht mehr als ein Klang im Gesang des träumenden Lichtes, in dem wir alle ruhen.

Wo der Wind weht

Diese Worte fielen ihm ein: Wo der Wind weht.

Er lauschte gerade elektronischen Klängen, die da widerhallten in seinem Innern, ihn wahrlich ergriffen hatten, denn sie packten seine Seele, rissen sie mit sich fort. Empor, hinab, hinweg trugen sie ihn, setzten ihn dort ab, wo ewig weht der Wind, in das felsige Land der Stürme, das irgendwo liegt zu einer Zeit. Dort erwachte er, als die Musik im Säuseln des ewigen Windes leise verklang.

»Wo bin ich?

Eben noch in meinem kleinen Zimmer unter dem Dach à la Spitzweg *Der arme Poet* (aber regendicht mit Gasofen), eben schon fast auf dem täglichen Weg zur Arbeit, zur Buchhandlung in Winnweiler. Und jetzt?

Auch hier ist Morgen. Ein neuer Tag bricht an.

Ich schaue mich um, sehe hinab ins Tal, sehe einen sich am Rande der Felsen dahinschlängelnden Pfad, sehe hinab vom Plateau, auf dem ich träumend stehe und - gehe.

Der Penner im Park schaut dich an

Diese Geschichten handeln vom Tod - nein vom Leben und vom Sterben! Er legt das Buch neben sich auf die Bank. Es schließt sich.

Du schaust den Titel des Buches, den du kennst: *ATON - Vater Sonn.* Denn du hältst es ja gerade in Händen. Denn du liest jetzt gerade diese Zeilen hier. Dann blickst du auf.

Die blaugrauen Augen des Penners sehen dich an. Hab ich nicht recht?, denkt er in dir.

Du nickst ihm zu, schließt deine Augen und hörst die Wellen des Meeres am Strand irgendwo im Westen oder im Osten, im Norden oder Süden des großen Kontinents schlagen. Mag aber auch sein, dass das Land nur winzig ist in der Weite des Meeres, also nur eine Insel so wie die Erde im All.

Inseln in See und Meer

Und wer sie fand, der floh nie mehr

Schau hinaus in die Weite!
Jenseits der Meere dort liegt
unter Nebeln aus Licht das Land
Folge mir in das Reich der tausend Träume
wo Liebe ist und Lust und Tanz!
Komm zu den Seligen Inseln!
Es gibt nur einen Weg
Den gehen wir alle

Ebene

Eine endlose Fläche, scheinbar. Dort überall liegen sie.

Jetzt brechen sie auf.

Es kriecht hervor.

Und schon der pickende, pickende Schnabel.

Es schreit zum ersten und letzten Mal. Dann wird es nach oben gehoben, in die Lüfte gezerrt.

So geht es vielen. Wenige nur überleben, zunächst. All die anderen wandern in hungrige Schnäbel.

So ist es.

Etwas

Zuerst der Klang: ein Summen und Brummen.

Sommerwiese!, denkst du. Dann öffnest du deine Augen: gleißende Helle. Du schließt sie wieder. Denn du bist erwacht aus tiefer, tiefer Nacht. Erinnerst dich nicht, was vorher war.

Langsam gewöhnst du dich an das Licht dieses Sommer-Sonn-Tages. Zum zweiten Mal öffnest du deine Augen. Du findest dich auf dem Rücken liegend am Ufer eines Sees. Natur! Summende Stille, menschenleer. Das ist die Ruhe vor dem Sturm, denkst du.

Noch aber ist alles Frieden, scheinbar. Du stehst auf.

Etwas rast an dir vorbei.

Du beginnst zu schreien. Doch ehe der Schrei deine Lippen erreicht, ist alles vorbei.

Dein Kopf fällt. Sprudelnd schwebt dein Körper hinab in den Schoß von Mutter Erde.

Fisch an der Angel

Da zappelt der Fisch an der Angel. Wohlgemerkt, der Fisch, ein Männchen also, ein Mann.

Doch er stirbt nicht. Denn er ist ein besonderer Fisch.

Schau, jetzt beginnt er im neuen Element zu atmen. Und er denkt - erstaunlich, aber wahr, auch Männer sollen das bisweilen versuchen!: Also gefangen, hänge ich nun an ihrem Angelhaken.

Dann ein Gedankenblitz. Er beginnt zu lachen und lacht und lacht und hört nicht auf. Brüllend schreit es tief in ihm, aus ihm heraus und dann hinaus: »Haha, hier bin ich, aber dort drüben hängt sie an ihrer Angelrute. Nicht ich, sie ist gefangen! Oder aber wir beide sind es in unserem Spiel auf Leben und Tod! Wohlan, zurück ins kühle Nass, hinab mit ihr in meine Welt!«

So nimmt er sie mit in sein Element, wo sie nicht atmen kann, doch zappeln und zucken, nach Atem röcheln und niemals mehr denken. Sie stirbt.

Dann nach langer Zeit verendet auch er an ihrem Haken.

Herz aus Glas*

Ich sehe Feuer strömen aus den Höhen.

Menschen sehe ich erklimmen den Berg wie Zwerge! Kriechen empor im roten Licht von Flamme und Abend. Ein-Klang sind ihre Schatten.

Träumende seh' ich emporschreiten. Ihre roten Herzen glühen, schlagen den Takt der schwebenden Schritte.

Ich sehe Menschen mit gläsernen Herzen erstarren zu Stein.

Letzte Blicke in fallendes Dorf.

---

*: Zum Film *Coeur de verre* von Werner Herzog.

Jenseits

Schau über das Meer! Dort, am letzten Rand der Erde leben Menschen seit Anbeginn, vergessen.

Jeden Tag steht dort ein Mann auf einem Felsen, starrt hinaus in spiegelnde Weite und lauscht dem fernen Rauschen.

Tränen fallen auf Stein.

Und seine Arme sind wie Flügel, erstarrt in Zeit, im Abendrot, im Morgenlicht des Sonn.

Dann sind es drei, nun sieben! - Menschen blicken über das Meer.

Eines Tages brechen sie auf in einem Boot, singend im Abendrot und lachend in ihr Morgen. Nah ist ihr Ziel, doch weit die Reise. Sie wollen die Grenze finden, dort, wo hinabstürzt das Meer in glühendes Nichts.

Ja, ich weiß, sie werden es schaffen. Denn es führt sie ihr Glaube und auch ihr Geist, der weiß ...

Nein, es wird keine Rückkehr geben, keine Wiederkehr. Niemals mehr. Denn wer dorthin gelangt, wer einmal diese Welt betreten, jene Welt, so fern, jenseits der fallenden Wasser, hinter den Mauern aus Feuer und Schwärze, wer einmal dort gelandet ist, der will nie mehr zurück - zu uns.

Meer

»Dieses Meer ist ja grenzenlos! Wie komme ich hierher?«, fragst du dich leise, in deinem kleinen Boot, allein?

Deine Seele singt!

Delphine schauen dich an aus ihren dunklen, dunklen Augen.

Hallo!, denkst du ihnen zu, hallo!

Sie scheinen zu nicken. Irgendwo hallt von fern ein
Gruß in dir. Sie können dich hören. Sie lauschen deinem
Denken. Sie reden mit dir. Sie nicken.

Du treibst in deinem Boot dahin. Irgendetwas zieht
dich nach irgendwo. So ist es eine Reise ins Nichts!?

Du beginnst zu träumen, von einem Meer, einem anderen Meer. Fliegende Fische flattern so fern. Und das
am Abend! Hier oder dort in meinen Träumen?

Sonn versinkt, gigantisch groß und rot wie Blut.

Noch pulst es in deinen Adern.

Draußen wartet der Hai.

Dort oben leuchten die Sterne so hell!

Die neue Erde

Ich sehe das Ende dieser Welt: Alles ist Wasser. Alles stürzt.

Auch ich stürze die brausenden Fälle hinab. Kreiselnder Schwindel, Drehen und Drehen, leicht und leichter, schwebe empor, stehe still zwischen Sonn und Erde. Sehe sich drehen blaue Weite. Wälder, Berge und Menschen, versunken. Dreht sich Erde um Sonn. Zeit vergeht - Äonen.

Doch dann, aus den Wassern geboren, taucht auf das neue Land, das da lag begraben, diese neue alte Erde.

Singende Pflanzen wachsen *ihm* entgegen. In den Blüten sehe ich Elfen tanzen. Zwerge öffnen die alten Höhlen. Noch fern aber träumen die Drachen.

Jetzt öffnen sich ihre Augen. Ich höre ihre Gedanken singen: Dort oben lauert das Fremde, das ist der letzte Rest des Alten. Brennt es aus mit eurem Atem! Macht die Welt rein!

Leise schweben sie heran. Näher und näher. Feuer strömt aus ihren Mün...

See

Du schlägst die Augen auf. Wo bin ich?
Du richtest dich auf aus Schlaf, aus Träumen.
Du schaust dich um.
Treibe in einem Boot durch Nebel.
Stille liegt über dem See. Wo bin ich?
Nebel erträumst du dir und auch das Wasser, ein Boot
und einen alten Mann darin, der verwundert seine Augen
aufschlägt und fragt: Wo bin ich?

Sirr

»Steh nicht auf, Herr!«, schrie irgendwer ihm zu. »Bleib unten!«

Dann hörte er noch irgendetwas von »fliegenden Fischen«.

»So'n Blödsinn! Fische auf dem Land! Und fliegen sollen die auch noch? Wer immer da schreit, der spinnt. Bei dem piepst's. Der hat was, was fliegt. Hat wohl 'ne Meise!«, murmelte er und fasste sich an den Kopf.

Doch es wurde noch besser. Denn jetzt hörte er gar ein Lied. Es kam von innen heraus.

Aus meinem Kopf?

Harfenklang, eine hohe helle Stimme sang: Fliegende Fische wechseln von Meer zu Meer.

Er aber ignorierte beide: den Rufer mit der tiefen Stimme und den Harfengesang. Er tat, was er schon von Anfang an tun wollte. Jetzt tat er es. Jetzt erst recht!

Also stand er auf, während noch immer das Lied in seinem Kopf erklang: Fliegende Fische wechseln von Meer zu Meer. Er ging einen, zwei Schritte weiter zum Ende der Landzunge hin.

Ein Blitz nur. »Sirr«, machte es - und alles war vorüber. Wie der Schwertschlag eines Samurai: Kurumasike*. Schon fiel sein Oberkörper im Zeitlupenfall. Zerfetzte Därme und Blut und Blut und ...

Schnell wie ein Pfeil und schärfer als alle Messer, sang die Stimme weiter, leiser und leiser - verklang in seiner schwindenden Seele.

*: Ende des Rades, Hieb durch den Bauch.

Sprung

Du breitest deine Flügel aus. Ein gewaltiges Flattern wie von tausend Schwingen hinter dir. Und etwas schneidet wie Eis von vorn deinen Kopf.

Du springst hinab. Jetzt rauschen Myriaden von Heuschrecken heran und durchrasen - Lärm und Schnarren - deine Stirn, in der weiße Wolken schweben.

Stille nun, denn die Schwärme sind fortgezogen. Du aber schwebst noch immer hinab, Hɪɴᴀʙ!

Fern und weit hinter dir, dort oben liegt der Felsgrat, die Höhe, von der du sprangst. Und unter dir gigantisch brennend ein roter Abendsonn im weiten Meer, in den du noch immer stürzt, bis Untergang dies Licht verlöscht und Nacht und Sterne dich umarmen.

Jetzt schließt du deine Augen.

Jetzt fällst du nicht mehr.

Jetzt steigst du empor in die Volle Mondin über dir.

Tod eines Fisches

Jetzt springst du und fliegst durch den anderen Raum.

Dann prallst du, knallst du auf ??? (trockene Erde). Und zuckend japst du nach dem Lebensstoff. Dein Schrei ist ohne Laut.

Doch niemand hört dich in den Wassern. Und hörte dich einer, keiner könnte, keiner würde dir helfen.

Ersticken und zugleich nach Wasser schreien und Sauerstoff meinen zum Atmen an frischer Luft, die all dies hat und noch viel mehr!

Da staunt der Mensch und auch der Fisch (für kurze Zeit zwischen den lautlosen Schreien, den Schmerzen, vielleicht).

Und du, der du alles siehst mit geschlossenen Augen, der du dies alles siehst an einem Rosenmontag, so feucht-fröhlich und ganz im Trockenen, du fragst dich: Weshalb sprang er nur aus dem Wasser durch Luft und fiel auf Erde, dieser nun tote Fisch?

War er auf der Flucht vor dem Feind? Den Giften im Wasser? Oder war es gar Selbstmord?

Da fällt dir ein: Vielleicht aber war er ja ein Entdecker auf der Suche nach neuen Welten und Lebensräumen, der sich nicht und niemals belehren ließ von den anderen um ihn herum, die da lautlos murmelten in seinem Geist:

»Geh nicht dorthin!

Denn diese Welt ist nicht die unsere.

Geh nicht!

Dort ist kein Leben, nur Tod!«

Träumend über stille See

Du stehst an den Ufern eines Sees.

»Schau hinab und sieh!«

Still treiben ins Nichts.

Träumend treiben auf schillernder Fläche.

Sehe so viele Wesen, auch Menschen. Nicht weit entfernt, dort unten, find ich mich wieder als einer von ihnen. Lächelnd und lautlos singend folge ich dem Ruf, der endlos in mir erschallt und immer wieder widerhallt:

»Komm!«, ruft die leuchtende Kugel, pulsierende Farben an den fernen Ufern dieses unendlich scheinenden Meeres.

Träumend schwebe ich über stille See, lausche dem Klang und singe. Und meine Seele zittert vor Glück - im Licht und über schwingendem Meer. Ach, meine weinende Seele!

Und wieder wird Ton zu Wort. Und wieder erschallt der Ruf in uns: »Kommt!«

Wir folgen.

Und dann

Dann kamen die Stürme.

Ein Zögern und Zaudern zunächst. Still steht Luft und wartet. Doch dann:

»STURM!«, schrien die Bäume zitternd in den Morgen.

»STURM!«, brüllten die Wasser der Meere, brandend geworfen die Küsten empor.

Winziger Punkt in Weite verloren, sieh da, ein Mensch, schreitet dahin! Still und klar das trockene Gras, flimmernder Tag. Doch dann:

»STURM!«, schreit der Sand ihm ins Gesicht. Fällt Tag - mit ihm der Mensch - ins Gestern nieder. Erde in Gesicht und Händen.

Warten auf das Ende.

Von fern

Von fern das Rauschen des Meeres. Wo bin ich?, fragen, zerfließen letzte Gedanken. Dann nichts. Schwärze. Und doch noch immer Leben!

Irgendwann müssen die Träume kommen. Der Traum vom einsamen Strand aus Sand, von Palmenschatten unter brennendem Sonn, vom klaren blauen Wasser.

Dort liegst du auf dem Rücken mit geschlossenen Augen.

Dort liegst du und träumst seltsame Träume. Du träumst vom Rauschen des Meeres. Du träumst von leuchtenden Korallenfischen. Du bist zurückgekehrt ins Meer. Ich bin ... wie du ... Delphin?

Und so war es. Er wandelte sich: Als Mensch noch ging er aufrecht ins Meer. Dann legte er sich in die Wellen und schwamm, noch immer Mensch, schwamm dort oben zwischen Luft und Wasser, schwamm hier oben an den Grenzen. Und schon war er Delphin geworden und schoss dahin wie wir durch funkelndes Wasser in einem Meer aus Licht.

Der Penner im Park nennt seinen Namen

Der Penner ist aufgestanden und ein paar Schritte gegangen. Er steht im Zentrum des Platzes mitten in den Blumenrabatten, wo einst wuchs ein Brombeerdickicht so menschenfern zur Mondinzeit. Jetzt hebt er seine Arme, hält sie vor sich, gestikuliert wild mit seinen Händen. Sein Mund öffnet sich. Er spricht zu den leeren Bänken im Kreis und den Platanen ringsherum und den vorbeirasenden Automobilen dort jenseits der Bäume.

Diese Worte sind es, die du hören würdest, wärest du hier. Diese Worte lallt er, spricht er immer klarer und flüssiger - ruft sie nun hinaus: »Ihr wollt wissen, wer ich bin? Irgendwer gab mir irgendwann einen Namen. *Olaf Olsen* nannte er mich. Aber mein wahrer Name lautet anders. Tief in mir ist er verborgen, den kennt kein Mensch. Und auch nicht du da oben. Ja, dich, Rainar, meine ich!

Werde ich jemals wahrhaft erwachen?

Werde ich je der sein, der ich bin?

Einst schrieb ich die Dinge auf, die ich dort draußen sah. Auch du kannst sie lesen. Irgendwo stehen sie schon gedruckt.* Dann warf mich irgendwas auf die Straße hinaus. Andere Menschen, diese hier in dieser Stadt gaben mir einen anderen Namen: 'Penner!', lachten sie, die vielleicht selbst bald hier draußen sein werden. Dann könnten sie Erholung finden aus dem Geschwindigkeitsrausch, Ruhe und Erlösung in einem Meer von Zeit.«

So bist vielleicht auch du, liebe(r) LeserIn, schon jetzt so weit und lauschst den Worten in dir.

Eine Stimme flüstert die eine Frage dir zu. »Wer bist du?«

Wer bin ich?, denkt es in dir.

Dann Stille und Schwärze.

*: Olaf Olsen in Rainar Nitzsche (Hrsg.): *Märchens Geschichte* sowie in: Olaf Olsen: *Die Meere des Wahnsinns, Höllen-Fahrten-Leben-Träume, ES bricht hervor aus dir.*

Dann kommen die Bilder: Du siehst es nicht, das weiße Licht in der Ferne. Du bist allein, ein winziges Wesen, nicht mehr! Steine und Sand sind da ohne Ende. Du bist der Dunkelheit, der Nacht entflohen. Es ist so heiß! Aber die Schwärze begleitet dich noch immer. Denn du bist blind. Mit deinem inneren Scheitelauge aber siehst du das lockende Licht. Du kriechst durch Zeit. Es ist eisig kalt.

Nur Mut!, der sanfte Ruf in dir.

Du kriechst immer weiter, auf allen Vieren deinem Ziel entgegen.

Manchmal ist alles so wirr und laut.

Die Wege ziehen sich zurück vor deinem Suchen.

Dann wieder ist Stille, du findest.

Irgendwann wirst du irgendwo sein, näher dem Licht, wirst spüren die Wärme und sehen, irgendwann wirst du aufgehen im Klang der Welt.

Hitze und Kälte und Hitze wechseln. Tag und Nacht und Tag in den Wüsten dieser Erde.

Wüstenfeuer

Hinter dunklen Mauern so fern
verloren und vergessen
im Staube der Gedankenstürme
bricht hervor strahlend hell
ATON - Vater Sonn

A wie Aufbruch

Gut vermummt und eingepackt gehst du leicht beschwingt - und das ohne einen Tropfen Alkohol! - durch die Kälte der Stadt. Wärme im Zentrum der Stirn. Wach und munter zum Jahresbeginn.

Irgendwo auf dem Weg zum Wohngeldamt fällt es dir auf, ein Plakat über Afrika. Ja, dorthin reisen, zum Ursprung, zurück an den Ort, wo die Menschheit begann - an die Seen im Osten. Und wann fuhr ich zuletzt in Urlaub?, fragst du dich.

Große Pläne für das neue Jahr: das Comeback als Autor, Lesungen, die neuen eigenen Bücher und die der Autoren, Gewinne beim Verlag und vielleicht auch noch ein Job hier in Kaiserslautern zum Geldverdienen und Überleben?

Eine Reise ...

Du schließt die Augen. Und die leuchtende Pyramide dreht sich im Zentrum deiner Stirn.

Deshalb also die Wärme?

Oder wegen der Wärme das Bild?

Oder beides zugleich - ist alles eins?!

Fehlt nur noch ein Ankh - ewiges Leben für mich!, denkst du.

Dort ist es, auf alle Seiten der Pyramide geschrieben! Weder thront es auf dem Gipfel, noch ist es Gold noch Edelstein, aber ein grünes Leuchten in der Nacht. Neu geborener Stern unter klarem Wüstenhimmel, der dich voller Sehnsucht alles andere vergessen lässt. Staunend schaust du empor.

Dann ein Wort in uralter Sprache. Du hörst es und verstehst. Und es lautet: »Komm!«

So gehst du staunend durch den Wüstensand und gelangst zu ihm, dem SPINX, der da ruht und träumt seit Ewigkeiten über und unter dem Sand.

Jetzt also bist du in Ägypten und in dem Reich von RE-ATUM-ATON, in der Welt von Vater Sonn.

Die Alte aus der Wüste

An den Ufern des Nils lag ich im Schatten.

Wann?, willst du wissen.

Ach, lang ist's her. Einst war es, vor Tausenden von Jahren. Ich schaute hinab in den Fluss, sah ihn trübe und still strömen dahin.

Dann irgendwann aber sah ich empor und eine alte Frau neben meinem Lager stehen. Gebeugte Gestalt, runzliges Gesicht, doch ohne Zittern. Denn verborgen fast in ihren Falten leuchteten mir zwei glasklare Augen entgegen, die sahen mich an.

Jetzt hörte ich ein Flüstern - in mir. Du, sprach das Flüstern und nannte meinen Namen. Verwundert sah ich sie an, sah ihre Falten leise lächeln. Komm!, sprachen ihre Gedanken. Du sollst die Zukunft der Menschen sehen! Komm!

So ging sie voran, Schritt um Schritt, schwebte nun über den stillen Wassern des großen Flusses. Und ich folgte ihr in Trance bis zu den Quellen des Nils.

Jetzt wieder lautlose Worte aus ihr in mir: Hier, tief im Ursprung der Menschheit, hier unter Afrikas heißem Sonn, unter den schattigen Zweigen der Bäume, hier sollst du erfahren, was wenige nur erahnen. Denn hier hast du begonnen, Mensch, hier! Einst wirst du diesen Ort besuchen, Tausende Jahre werden vergehen, und du wirst ein anderer sein, einer jedoch, der mich finden wird in der Nacht. Lausche, mein Freund, und betrachte still die Bilder, die ich dir sende in deine Seele! Schau mir in die Augen!

Menschen sah ich, anders gekleidet, und doch Menschen wie wir. Sah sie gleiten durch Raum in seltsamen Kästen wie Wagen ohne Pferde. Große Vögel sah ich an den Himmeln schweben, lärmend ohne Flügelschlag. Ach, schimmernde Morgenwelt, Massen von Menschen, so viele Dinge, die ich nicht verstand.

Und dann fand ich einen, der aussah wie ich. Ach, Bruder!, dachte ich. Dann fanden wir uns inmitten dieser Dinge staunend sitzen und still uns betrachten. Lange Zeit sahen wir uns an: Ich und ich, Tausende Jahre voneinander entfernt und doch verbunden, zeitloser Augenblick des Sehens, vor, zurück im Zeitenstrom der Erde. Hier, an diesem Ort der Begegnung ...

Komm!, weckte mich die Alte, löste ihren Blick aus meinen Augen und führte mich die Wege zurück. Komm!

Und in einer Wolke aus duftendem Rauch, winkend entschwanden mir aus den Augen lächelnde Falten und strahlende Augen, eine alte Frau.

Ich aber ging nun mit einem Lächeln im Gesicht durchs Leben. Ja, ich hatte einen Mann und viele Kinder. Die Jahre vergingen, aber die Erinnerung blieb. Jahrzehnte später schied ich aus dieser Welt. Still und glücklich war mein letzter Atemzug.

Andernorts

Andernorts im Wüstensand der Erde, doch unter Wassermassen begraben, strudeln die Würmer sich Plankton heran.

Andernorts auf einer anderen Welt leben gigantische Würmer, Hunderte von Metern lang. Sie sterben, wenn der Regen fällt. Das ist Dune.*

Andernorts warten die Wüsten von T-her auf dich ... auf mich?

Andernorts zu anderer Zeit irrt blind der große Magier über heißen Sand.

Andernorts ragt sie auf aus der Wüste, die endlos hohe Bücherwand. Zwei winzige Menschen zunächst, dann nur noch einer klettern daran hinauf und arbeiten sich durch die Literatur der Welt. Zum ersten Mal?**

Andernorts leben andere Wüsten, andernorts träumen andere Wesen andere Träume.

Doch jetzt und hier hältst du nur dieses Buch in deinen Händen und sitzt gemütlich in einem Zimmer eines Hauses deiner Stadt.

*: Frank Herbert: *Dune (Der Wüstenplanet)*.
**: Harald Scherschel: *Die Erstbesteigung der Bücherwand.*

Blind und sehend

Schau
meine Augen brennen!
Denn ich sah
die glühenden Wüsten

Schwärze fiel
aus flammender Weite
Fern im Dunkel
seh ich nun
ein schimmerndes Leuchten
in mir

Ach, ich habe den Sonn geküsst!
Feuer ist mein Atem
Feuer meine Seele
Steigt brennend empor

Diese Wüsten

Diese Wüsten dort draußen
diese Wüsten aus Sand und Stein!
Sie singen!

Lausche dem rieselnden Sand!
Fühle die Erde beben
unter tastenden Schritten!
Höre ihr Leben bei Nacht!

Du und das Wüstenland

Eine weite Ebene. Rotes Gras und grüner Sand.

Du erhebst dich, siehst dich um.

Erinnerst du dich?

Du erinnerst dich nicht an das, was vorher war.

Eine Stimme in dir: »Geh!«

Was tust du? Schüttelst du den Kopf? Denkst du nach? Folgst du dem Befehl?

Du gehst dem untergehenden Sonn entgegen.

Etwas beginnt zu singen in deinen Ohren, in deinem Kopf, in deiner Seele.

Dein Körper verharrt im Lauf, hält an, hält inne.

Jetzt beginnst du dich zu drehen, drehst dich im Kreis, hebst deine Arme empor. Kreisel sein und sich in Erde bohren.

Dann fällst du, sinkst rasend hinab in grünen Sand, der sich ...

Nein! *Du* bist es, der sich wandelt. Zunächst die Farbe: von Rot zu Orange, zu Gelb, zu Grün!

Welch tolle Tarnung!, denkst du noch, grün in Grün.

Dann wird wieder dein Fleisch zu Staub, zerfließt zu Sand. Und deine Seele singt das Lied des weiten, weiten Landes, aus dem du nie mehr auferstehen wirst.

Denn du warst es, der diese Welt erschuf.

Denn du hast dich erhoben aus dem Nichts.

Denn du bist zurückgekehrt zum Ursprung dieser, deiner kleinen Welt.

Empor

Du wühlst dich empor aus tiefsten Tiefen, aus Schwärze, die du nicht siehst, aus dicht gedrängter Erde, empor!

Dann spürst du das Nichts ringsum. Verloren hast du die Hülle aus Erde, aus Sand, aus Stein. Du hast deine Heimat verlassen, du bist emporgestiegen aus dem Schoß deiner Mutter und aufgetaucht, eingetaucht in eine neue Welt.

Neu?

Erinnern. Einmal warst du schon hier zu anderer Zeit, lang ist's her. Wie lang?

Hier oben wurde ich geboren, in einer Nacht mit Voller Mondin, die mich rief, die mich rief. Brach auf meine Haut. Spürte das Dunkel der Welt.

Und jetzt wieder - Wiedergeburt?

Dämmert der Morgen heran, den du nicht siehst. Denn da sind keine Augen. Doch heiße Strahlen, Wärme, Hitze, Feuer verbrennen deine schwarze blinde Haut. Du hebst dein erdbenetztes Haupt, brüllend krallst du deine Hände in den Schoß von Mutter Erde. Doch dein Körper schmilzt dahin ...

Strahlende Weiße, die spiegelt das Licht des Sonn, steht auf aus schwarzen Hüllen. Augen aus weißem Feuer.

Irgendwann öffnest du sie. Wieder Erinnern. Sah schon einmal in anderen Farben die Welt. Einst war ich Mensch und konnte sehen. Nun sehe ich aber den weißen Wüstensand.

Vater!, denkst du und fällst auf die Knie vor der weißen Scheibe im Himmel. Du neigst dein Haupt in den Nacken, du schließt deine Augen und atmest sein Licht.

Hier werden einst Pyramiden wachsen, oh Re-Atum-Aton, denkst du gar seltsame Worte, Menschenworte, die es hier noch gar nicht gibt, wo heute noch und morgen wieder Wüste wartet.

Das Entfalten deiner Flügel*

Am Morgen. Ein Knistern hinter dir.

Du entfaltest deine Flügel, hauchdünn und gläsern. Ein Leuchten in die Ferne. Tausendfache Reflektion. Denn über den Bergen steigt auf der Sonn.

Du lässt deine Muskeln zittern. Wärme, Wärme am Morgen, Wärme zum Fliegen.

Du schaust hinab von dem Felsen, auf dem du stehst. Unter dir das Wüstental.

Noch wartest du auf die warme aufsteigende Luft. Noch immer aber ist der Ruf in dir, der Ruf, der dich erwachen ließ.

Dann irgendwann stößt du dich ab mit deinen Beinen. Jetzt springst du und schwebst dem Sonn entgegen.

Fliegen fliegen in Wärme und Licht.

*: Titel im Original: *Dipteros.*

Feuer und Flamme sein

Er lauschte am Morgen.
Er hörte ihn nahen.
Er war in seinem Körper.
O dieser Sound!
Wie seine Seele schrie, vor Sehnsucht schrie!
Wie es brannte in ihm, welch schmerzender Klang!
Dann fing sein Körper Feuer.
Brennend sang er sein Totenlied.

Flammenmeer

Feuer schossen in die Himmel
»Feuer!, schrie mein Mund
Und mein Herz brannte lichterloh

Nein, noch ist nicht Nacht, doch ein grauer trüber Tag. Deshalb siehst du alles so klar. Deshalb.

Eine gigantische Wand aus Feuer. Sie kommt auf dich zu.

»Flieh nicht!«, flüstert eine Stimme in dir.

»Spring!«

Ich kann nicht!, schreit etwas in dir auf vor Entsetzen. Ich werde brennen. Nein!! Ich will nicht sterben!!!

Aber die Feuerwand kommt näher. Niemand und nichts hält sie auf.

Und wenn ich stehenbliebe, einfach so, die Augen schlösse? Was dann?

»Du musst springen!«, ruft es in dir noch immer und immer wieder - so sanft.

So bewegen sich endlich deine Beine. Du gehst, du rennst. Attacke!, schreit es irgendwo in dir. Dann springst du durch das Flammenmeer und - landest in warmem Wasser. Du tauchst auf und schwimmst ans Ufer, schaust dich um.

Wo bin ich? Seltsames Jenseits.

Aber wer dort drüben weiß schon, wie es hier ist.

Oder ist es für jeden anders?

Oder ist dort nichts, und ich lebe noch immer, hier auf dieser Erde, aber jenseits der Feuerwand, in einem Land der tausend Seen?

Irgendwann erhebst du dich. Nach Westen gehst du, nach Westen, dem untergehenden Sonn entgegen. Denn Nacht und Mondin rufen dich. Rasend schnell bricht die Dunkelheit über das Land.

Geier

Geier sein und über den Wüsten schweben, dachte er.

Sie sah hinab, auf den toten Körper eines Menschen.

Essen, essen, essen, dachte es unaufhörlich in ihr. Denn sie hatte Hunger, Hunger!

Dann setzte sie zur Landung an, schlug ihren Schnabel tief in die Därme dieses Menschen, der eben noch an Wesen wie sie gedacht hatte.*

*: Ach ja, der wollte mal ein großer Dichter werden! Ja, so kann's gehen, ehe man sich versieht, ist man schon mausetot und aufgegessen!

Hinab

Jetzt hörst du den Klang, den du dir schufst. Jetzt hörst du dein Lied vom Band aus den Boxen singen.

Du fällst vornüber.

»Knie nieder!«, schreit irgendwer in dir.

Du fällst noch immer. Aber da ist kein Boden mehr.

Sand! Heißer Sand brennt dir im Gesicht, das den Staub der Wüste küsst. Und du zerfließt zu dem, was um dich ist.

Doch noch ist nichts zu Ende. Denn einmal noch drehst du - halb Mensch, halb Sand - dich um, erblickst ein letztes Mal den blauen Himmel über dir. Dann sinkst du tiefer, tiefer. Noch immer klingt dein Lied in dir.

Meine Musik - unsere Lieder - Wir!, verklingen deine letzten Menschengedanken.

Ich bin der Sturm

Höre mir zu, wenn ich mit dir spreche, höre!

Denn ich bin der Sturm, der über die Steppen brüllt, der Meere von Sand über dich wirft und dich erstickt in den Wüsten, der schließlich über dich lacht und rasend braust davon, andere Opfer zu suchen.

Ich bin der Herr der Stürme. Schrei ist mein Name. Und auch diesen Sturm gebäre ich unter rasenden Schmerzen, den Sturm der Tausend Schwerter.

Dort stehst du Mensch im Sand der Wüste. Du spürst mich, du riechst mich, jetzt siehst du mich. Du wirfst dich in den Sand.

Doch ich komme über dich. Doch ich nehme dich in meine Arme. So saugt auf der Sand dein Blut, so rasend schnell, lasse ich Fetzen zuckenden Fleisches hinter mir. Denn ich bin der Sturm der Tausend Schwerter. Ich bin der Sturm der Stürme.

ICH ... Ich ... ich ... ist ... fort ge w e h   t
bleibt Sturm ... Sturm ... Sturm ...

Im Tümpel ein Schnabel

Wenn es regnet in den Wüsten, in den Wüsten regnet, bricht Leben hervor aus Erde, bricht hervor und pflanzt sich fort so schnell, so schnell.

Wo ich schwimme?

In einem endlosen Meer aus warmem Wasser.

Ja, auch die Luft dort oben atme ich. Denn Hitze nimmt mir den Atem hier unten. Es ist warm und hell und herrlich. Ich esse und trinke und atme, lebe unter all den anderen. So glücklich, so lebendig, so ...

Da geschieht es: Hitzewellen, Dampf. Grenzen überall, wo die Welt endet. Kommen näher.

Du zappelst. Du schreist.

Sonn brennt.

Schon ist alles vorbei. Etwas Großes hat dich ergriffen.

Nacht.

Licht

Du erwachst im heißen Sand der Wüste
Du öffnest deine Augen

LICHT!
Dieses brennende Weiß!

Dann das Schließen der Lider
Du öffnest deine Augen nie mehr
Doch etwas ruft in dir
Lautlos antwortest du
Du gehst ...

Männer im Sand

Zwei Männer stehen da einsam in der Wüste.

A. zu B.: »Weißt du, was ich bin? Ich bin nichts als Staub, nichts als Sand, vielleicht ja nur *ein* Korn in der unendlichen Wüste aus Sand, in dieser Wüste, die wächst von Tag zu Tag, von Jahr zu Jahr. Das ist alles, was ich bin, nicht mehr. Nicht mehr!«

B.: »Aber du bist doch ein Mensch aus Fleisch und Blut - so viel Wasser ist in dir, das zumindest, wenn schon sonst nicht viel. Du bist ein Mensch wie ... ich! Hier oben stehen wir, dort unten aber zu unseren Füßen liegt die Wüste, die weite Wüste aus Sand, aus Milliarden Körnern von Sand.«

A.: »Schau mich an! Ich bin ein Korn aus Sand! Schau mich an! Komm näher und schau!«

Also kommt B. nun doch heran, sieht hin und wundert sich - noch nicht! Denn er sieht so wenig in der flimmernden Hitze.

Also geht er noch näher ran. Und schon hat er ihn aus den Augen verloren.

Also tritt er wieder einen Schritt zurück. Noch immer keine Spur von A. Nichts als Sand. Soweit das Auge reicht: Sand.

Dann irgendwann irgendwo aus dem Sand, von einem Körnchen unter vielen vielleicht, irgendwoher schrie eine piepsende Stimme.

Wie seltsam, er verstand, was die winzige Stimme da rief, wohl doch nicht rief, sondern in ihm dachte: »Ich bin ein Sandkorn! Einzigartig! Denn kein Sandkorn gleicht dem andern!«

Outback

Die australische Wüste brannte. Ein Flammenmeer. Trotz der Warnungen war irgendwo ein Funke in die Dürre gefallen. Nun war alles Feuer.

Sie waren aus Sydney gekommen und weit ins Landesinnere geflogen. Nun rannten sie in den verlassenen Weiten um ihr Leben. Vater trug den kleinen John auf den Schultern, zog Mutter an der Hand hinter sich her. »Hui!«, lacht John, der Reiter. Ihm gefiel's dort oben.

Dann waren sie von Flammen umzingelt. Hustend sanken sie zu Boden. Hitze!

»Es ist alles aus! Wir werden sterben«, flüstert Papi, hält John und Mutti in den Armen. So sehen und fühlen sich alle noch ein letztes Mal. Umarmen sich für ewig?

»Papa, es ist so heiß!«, piepst John mit zarter hoher Kinderstimme. »Wir müssen dort hindurch, durch das Feuer! Dort ist unser Weg! Da! Kommt mit!«

Halb weggetreten folgen ihm taumelnd die Eltern. John führt Vati, der hält Mutti an der Hand. Mit funkelnden Augen geht der kleine Mann voraus. Ich will!, spricht sein zorniger Geist. Und die Flammen erlöschen vor seinen Füßen, und die meterhohen Flammen weichen zur Seite aus, beugen sich nieder vor ihm.

Noch aber ist alles sehr heiß, doch schon weht kühle Luft heran.

Der fliegende Doktor fand sie außerhalb des Flammenmeeres, das noch immer tobte und sich nun auch durch das verschonte Gebiet fraß. Sie waren schwarz und erschöpft, doch unversehrt.

Noch begriffen die Eltern nicht, was geschehen war.

Unser kleiner Held jedoch dachte an ganz andere Dinge. Er sah die Tasche des Doktors. Toll, dachte er, Arzt sein und den Menschen helfen. Das wär doch was!

Radfahren

Du sitzt auf dem Fahrrad. Du fährst einem strahlenden Licht entgegen. Es ist der Sonn, der brennt so heiß.

Deine Augen glühen. Du trittst in die Pedale. Es geht voran. Dein Wille ist Licht, ist ohne Zögern, ist Fels, ist die Gewalt des Wassers, ist unerbittlich. Du musst fahren. Du fährst dem Sonn entgegen.

Längst sind die Wälder gegangen. Dürre Zweige einstiger Bäume, vertrocknete Sträucher neben dir. Du fährst über Wüstengestein. Qualmende Reifen. Deine Haut färbt sich rot. Du glühst. Deine Haare, deine Kleider fangen Feuer. Sie brennen. Doch du lächelst noch immer. Dein Gesicht schmilzt zu schwarzer Asche. Die verkohlten Reste deines Körpers fallen.

Du stehst still. Du hast dein Ziel erreicht. Stille in der Zeit. »Ewig« steht das Metallgestell in einer roten Wüste. Glänzend wie Feuer. Nichts wird es stürzen. Irgendeine Kraft hält die Dünen fern, die in der Ferne wandern.

Es ist Abend. Sonn versinkt in weiter Ferne. Letzte Strahlen treffen den trockenen, schwarzen Körper. Der beginnt nun zu zerfallen.

Mitternacht. Weiß und glühend steigt die Kugel aus Licht hervor, steigt auf ins Sternenmeer.

Nur die springenden Mäuse der Wüste und die jagenden Füchse mit ihren Löffelohren halten inne, richten sich auf und lauschen hinaus in die Nacht dem singenden Ton, dem kosmischen Chor, dem Einbruch der anderen Dimensionen.

»Ich bin frei!«, singt der Ton. Die Sterne flimmern.

Noch immer (für alle Ewigkeit?) steht ein Metallgestell in einer roten Wüste.

Dann, am Morgen bricht Sonn hervor. Ein neuer Tag beginnt.

Reise mit dem Wind

Hört, wie der Wind in den Pappeln singt!, fiel ihm ein auf dem Weg von der Arbeit nach Hause.

Blieb er stehen zu lauschen?

Er?

Ich ging weiter. Und wieder Worte in mir: Hört, wie der Wind in den Palmen singt!

Palmen?

Karibik, weißer Strand, Sonn, blaues Meer. Afrika, Sahara, Oase?

Und die Landschaft wandelt sich simultan zu Wort und Assoziation. War da eben noch ein trüber Sommertag irgendwo in einer kleinen Stadt in Mitteleuropa, waren da eben noch gigantisch hoch aufragende Pappeln, die sich im Wind wiegten, so ist hier nun die heiße weite weiße Wüste, wolkenlos ...

Jetzt nach Süden wandern, und du gelangst zum Ursprung der Menschheit, zu deinen Ururur...ahnen!, spricht es in dir.

Du tust es.

So beginnst du deine Reise, die mit dem Wind in den Pappeln begann, deine Reise mit dem Wind nach Hause.

Der Sehende

A.: »Dort über den Bergen sah ich sie tanzen!«

B.: »Was redest du? Dort oben in den Lüften? Welche Berge? Wieso tanzen? Und wen überhaupt?«

A.: »Siehst du sie nicht? Sie kommen wieder. Jetzt sind sie hier unten im Tal. Hier bei mir. Sie ...«

B.: »Was ist los? Deine Augen!«

C.: »Er ist blind.«

D.: »So plötzlich!«

E.: »O nein, er sieht. Der Blinde sieht und hört und denkt und fühlt und ...

Doch du, der du von dir behauptest zu sehen, ...«

Tanze!

»Tanze den Tanz am Abend! Wie im Flug vergehen so Dämmerung und Nacht. Tanze den Tanz bei Tag!«, singt irgendwer in dir sein Lied.

Ist es so? Oder scheint es nur so? Verbringst du die Zeit in Starre? Tanzen nur deine Gedanken?

Sonn steigt auf, und du kniest nieder, neigst dein Haupt und betest ihn an. »Vater!«, singt deine weinende Seele vor Freude.

Denn die Nacht ist vorbei. Denn seine Strahlen hüllen dich ein. Sie geben dir Kraft für den Tag und deine weite Reise.

So brichst du nun auf, beschwingt, Schritt um Schritt - voran. Denn mit einem Schritt, dem Ersten, beginnen alle großen Reisen. Mit einem Wort beginnen alle großen Werke. Und dieses lautet: Tanze!

Also springst du tanzend voran. Da ist der Sonnentanz in dir.

Anderswo zu anderer Zeit tanzen andere Wesen, andere Seiten deiner selbst, in schwarzer Nacht erwacht.

Was passiert?

»Was passiert?«, fragst du.

»Schau! Dort, ja dort ... jetzt!«

Verwundert drehst du dich um, in die Richtung, die seine linke Hand dir wies ...

Und schon bist du im Spiel.

Du rennst.

Etwas ist hinter dir her.

Doch *du* kommst nicht vom Fleck. Zeitlupenlauf unter dunklem Himmel. Wüste Weite. Menschenleer. Kein Laut, kein Leben, kein Wind. Nur du und der weiße Wüstensand unter deinen Füßen.

Dann blickst du dich nach hinten um.

Rote Wolken verfolgen dich. Roter Sand? (Aber er ist doch weiß!), rotes Licht, rot wie ... Blut! Lauf!

Jetzt hörst du sein Lachen von fern. *Er* ist es, der dir den Weg wies in diese Welt.

Ja, vermutlich bin ich tot. Und mein Geist, meine Seele, mein KA, mein Selbst läuft im Albtraumfegefeuer, Bardo. Auf dem Weg in Himmel oder Hölle?

Wer bist du?

»Wer bist du?«, fragten sie ihn
»Ich bin, der sein wird«, sprach er und lächelte
»Sehet, wenn ihr gelernt habt zu sehen!«
Da sahen sie ihn im Morgen
Da wurden sie blind

Die Wiese

Du liegst auf einer Wiese und schaust dich um.

Da siehst du einen kleinen Baum, ganz verdorrt, der steht dort über gelbem Gras und weißem Sand.

So liegst du da auf einer Wiese, die einst Wiese war, nun Wüste ist. Du schaust ihn an, den kleinen Baum. Sendest aus deinen Geist.

Und Wüste vergeht. Und Grün bricht ein in kahlen Raum. Und Äste wachsen empor. Und Blätter und Rauschen ...

So legst du dich endlich lächelnd nieder in des Baumes Schatten.

Wind in seinem Haar

»Ich bin Wind in deinem Haar!«, spricht die flüsternde Stimme in ihm.

Nicht Schrei, nicht Ruf, nicht Name seines Freundes. Nein! Es ist tatsächlich die Stimme des Windes, es ist der Wind, der sein Haar ergreift und es wehen lässt. Es ist dieser Wind selbst, der in ihm spricht.

Fliege!, denkt er und hebt seine Arme empor und schaut sie an. Und siehe, es sind Flügel. Also springt er vom Rand der Klippe hinab. Weit unter ihm warten die weißen Felsenwüsten.

Doch die Flügel verwandeln sich wieder im Flug in Arme, die hilflos schlagen im rasenden Fall. Und der Wind kichert und grölt und schreit in seinen Ohren. Aufprall. Schwärze. Dann ein Licht?

Er träumt vom Wilden Westen, von den Plains, den weiten Prärien, von Indianern und Büffeln, von den Weiten, wo es für wenige Jahrzehnte nur die große Pferdekultur gab. Einen hört er dort in den Bergen rufen: »Ich bin *Wind in seinem Haar*. Siehst du, dass ich dein Freund bin? Siehst du, dass du immer mein Freund sein wirst?«*

Ritt er davon?

Ließ er ihn hinter sich zurück?

Kehrte er heim?

Wie ist der Name seiner Heimat?

Wie heißt er, der in vielen Welten lebt?

*: Zitat aus dem Film *Der mit dem Wolf tanzt.*

Wo Drachen fliegen

Seine goldenen Augen blicken dich an.

Und Zeit vergeht.

In tiefen Traum du bald versinkst, ein sanftes Schweben durch den Raum, wo Sonnenlicht und Sternenglanz.

Still fließt die Zeit.

So fern spürst du den Hauch nicht mehr, aus Drachenmund den Feuerstrom, der dich erfasst, zerbläst zu Staub.

Wüste

Und ich fiel in den sengenden Wüstensand. Zurückge-kehrt in das Land, wo Mutter und Vater - das sind Erde und Sonn - sich lieben. Hier hinein in glühendes Licht fiel ich mit dem Gesicht voran. Doch sog ich nicht ein den Staub, sondern blieb liegen und hörte auf zu atmen - in magischer Kälte erstarrt.

Höre mein Herz nicht schlagen. Doch bin ich nicht tot. Liege nur so da.

Wind weht Dünen von weißem bleichen Sand über meinen Körper, den schon lange kein Mensch mehr se-hen könnte, wenn es hier Menschen gäbe, wo ich liege, wo ich warte auf Wasser und Leben und - den Beginn der Nacht.

Mein Wiedererwachen, das ist nicht mehr fern.

Wüstenwind

I
Geh dem Sonn entgegen!

Der brennt dein Licht
dir aus den Augen

II
Ich ha-be
den Sonn ge-se-hen

»Blind blind!«
brüllt der Wind
in meinen Ohren

Der Penner im Park verwandelt sich

Ja, verreisen, weit weg und über das Meer!

Wann war es, dass ich das letzte Mal so weit in die Ferne streifte? Geschah es überhaupt?

Die braunen Augen des Penners sehen dich fragend an.

Waren die nicht eben noch blaugrau?, wunderst du dich und hast recht.

Doch nun sind sie wie die Augen eines Menschen aus dem Fernen Osten des großen Kontinents oder aber wie die Augen eines sanften Rehs.

Er lächelt dich an aus seinem Stoppelbartgesicht.

Da war doch sonst ein voller Bart?

»Ja, alles wandelt sich immer wieder. Und doch, alles ist ewig!«, flüstert er dir zu.

»Und selbst die Großen Götter dort oben, und wir, die Kleinen Götter hier unten, und unsere Kreaturen, die sich jetzt noch Menschen nennen und auch selbst schon längst Götter für andere Wesen spielen, wir alle wandeln uns und wandeln uns doch nicht, wir alle träumen!«

Ach, ach!, denkst du und fragst dich, wovon Götter wohl träumen mögen.

Frage dich lieber, *was* sie sich erträumen.

Doch sieh selbst!

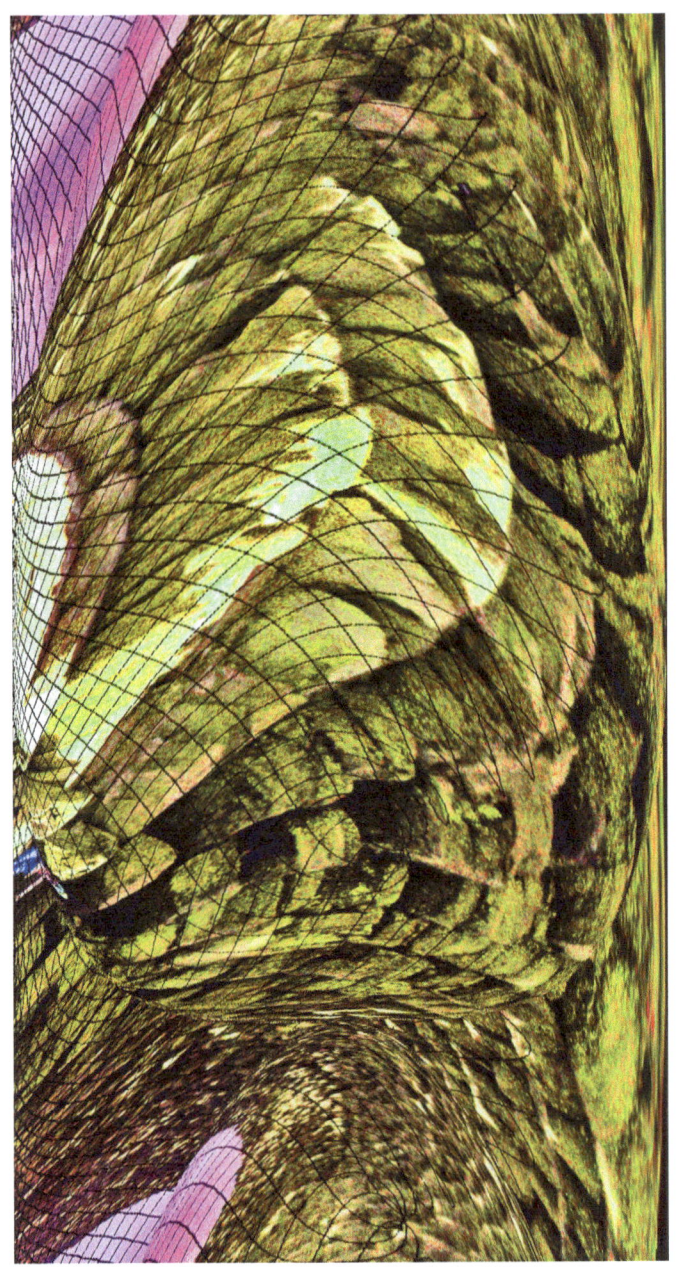

Träumende Götter

Der singende Sonn
welcher die Welt
durch seinen Lichtschrei schuf

Ägyptisch

Aton und die anderen Götter*

Im Anfang war der Urhügel. Im Anfang tauchte auf aus dem Chaos Atum. Der aber zeugte aus sich den Lufthauch Schu und die Feuchtigkeit Tefnut. Schau den Skarabäus, die Schlange und den Ichneumon, das ist Er! Seine Zeit aber ist die Dämmerung des Abends.

Er ist auch Re. Viele Namen gaben sie Ihm. Einer lautet Aton.

Einst nannten Menschen so den sichtbaren Sonn dort oben am Tageshimmel. Dann machte Pharao Amenophis IV. ihn zum einzigen Gott und gab sich selbst einen neuen Namen: Echnaton, das heißt: Der Aton gefällt.

So war es, bis ihn die Priester der alten Götter stürzten und aus den Annalen löschten. Doch nicht für alle Zeiten! Denn was ist, das ist! Es existiert, so wie du und ich, wir alle.

Ich bin Aton, der Sonn, Uanre, der Einzige des Re, ein Gott mit vielen Namen zu allen Zeiten dieser und all der anderen Welten.

*: = Informationen zu den Göttern aus: Lurker, M. (1989): *Lexikon der Götter und Dämonen.*

Besuch

Es klingelt an der Tür so früh am Morgen.

Ich stehe auf und öffne.

Forschende Augenpaare, Schweigen.

Dann Schreie: »Er ist es! Haltet ihn! Packt ihn! Er ist es!«

Lächelnd trete ich hinaus und zwischen sie.

Ihre Hände und Arme und Waffen sind fern, so unendlich fern.

»Wenn ich es bin, den ihr sucht, könnt ihr mich nicht festhalten, niemals, nie!«, spricht mein Mund.

Dann gehe ich - lasse sie alle und alles hinter mir zurück.

Dann steige ich empor, werfe die alte Menschenkörperhülle ab und schwebe hinauf ins leuchtende Blau des Erdenhimmels und weiter in Schwärze und Sternenmeer - nach Hause.

Ein Drehen und Lächeln

»Guck mal da! Sein Kopf! Verzerrt, irgendwie verzerrt!«

»Ja, der dreht sich ja. Der Typ schaut sich um, nach hinten, zur Seite und wieder nach vorne, zur Seite, nach hinten ...«

»Ich hab's gezählt. Dreimal hat sich der Kopf gedreht um seine Achse! Wirklich magisch. Drei Mal! Hast'e das gesehen?«

»Und die steht nebendran und schaut ihn an, sprachlos und gänzlich weggetreten.«

»Was ist mit dir?«, fragst du mich.

»Es ... es ... es ist ... oh!«

Dreht sich der Kopf wieder zurück. Jetzt kommt er zur Ruhe, erstaunlich, sitzt so auf dem Körper, wie es sich gehört.

»Was ist mit dir geschehen? Sprich! Deine Augen starren, wohin? Die leuchten gelb wie der Sonn!«

Jetzt aber siehst du den Wandel: ein Lächeln in meinem Gesicht. Das dritte Auge im Zentrum meiner Stirn bricht auf. Ich sehe dich und mich durch dich. Ich sehe.

Schwärze siehst du dort und ... Näher, näher, näher rückt dein Blick. »Hallo, Manfred, hallo!«, rufst du ihm zu, der seinen Mund nicht öffnet, niemals mehr spricht ein Wort mit dir.

Dann siehst du sie im Zentrum seiner Stirn. Sie tauchen auf aus Schwärze. Leuchtende, sich drehende Spiralen. Milliarden Sterne in jeder von ihnen. Näher fährt dein Blick heran in eine von ihnen und an den Rand. Dort leuchtet so schwach ein gelber Sonn, wird größer jetzt und heller. Planeten kreisen. Erde. Du bist gelandet. Du schaust auf. Da ist auch die Volle Mondin, doch nicht weiß, nicht gelb ist ihr Licht, sondern rot wie Blut. Es fällt herab auf dich, die Menschenfrau.

Träume ich vom Ruf der Mondin, hier am Mittag dieses warmen Sommer-Sonn-Tages?

Träume ich nicht wahrhaft seltsame Träume?, denkst du verwundert, während du kopfüber fällst in seine Stirn, versinkst darin für alle Zeit.

Engel des Herrn

Dort stand Er am Abend, ein schwarzer Schatten im roten Licht des untergehenden Sonn.

Mehr nicht!

Doch wir Menschen fielen wie die Fliegen.

Und unsere Städte zerstoben zu Staub.

Nichts blieb. Nichts erwachte am anderen Morgen.

Und doch, alles, was war, ist ewig.

Feuer und Wasser und Erde und Luft

Du tauchst auf - brennender Kopf, brennender Körper - du tauchst auf aus dem See. Feuer, aus Wasser geboren. Doch das Wasser kocht nicht, bleibt kalt.

Du springst aus Flammen ans Ufer, fließt in Erde. Feuer, in Erde gefallen. Du steigst in den Gräsern empor.

Und nun, wo du Luft bist, rast du empor in die Himmel, erst blau, dann schwarz, dann weiß dahinter.

Flügel

Morgens wachst du auf, von *ihm* geweckt. Du schließt die Augen und schaust *ihm* so ins strahlende Gesicht.

Diese Wärme auf deiner nackten Haut!

Vater!, stöhnt deine zitternde Seele unter seinen streichelnden Strahlen.

Du stehst auf aus deinen Träumen. Du siehst es vor dir. Du spürst sie in deinem Rücken. Es geschieht.

Mein Gott!, denkst du noch. Doch schon brechen hervor aus Schultern deine leuchtenden Flügel. Was wurde aus meinen Armen, meinen Händen?

Lautlos schwebend steigst du auf, ohne dass sich ein Flügel bewegt, ohne einen Flügelschlag.

Komm mit, mach eine Reise mit mir zu dir, singt deine Seele dir zu.

Freyatag

Das ist F<small>REIAS</small> Wagen. Und heute ist ihr Tag.

Und du bist *Sie*, Göttin der Schönheit, der Liebe - Leben und sanfter Tod bist du.

Und wer bin *ich*?

Bin ich O<small>DUR</small>, der Sommersonn?

Und wer sind dann die beiden Katzen, die diesen, deinen Wagen ziehen?

Frühlingserwachen

Er hebt sein Schwert, schlägt zu.

Es saust nieder, spaltet einen schwarzen Schatten, der schreiend niederfällt.

Das Schwert verbrennt zu Licht.

Da lacht er und geht ein in den strahlenden Morgensonn.

Das Heben des rechten Armes

Du hebst deinen rechten Arm - doch nicht die Hand gestreckt zum Führergruß, aber empor, einfach so empor - und ... nichts passiert.

Was sollte auch schon passieren?

Aber du siehst es in dir: In einer anderen Welt, parallel vielleicht der unseren, dort hebst du auch deinen rechten Arm.

Alles geschieht synchron und ... die Wälder brennen, soweit das Auge reicht. Dein Lächeln hier ist dort das Lachen des Todes.

Das habe ich getan?, fragst du dich hier, nun hinter Tränenschleiern.

»Ja!«, brüllt es aus dem Flammenmeer.

Und noch immer hörst du die Schreie der sterbenden Wesen.

Irgendwas und Stürme

Irgendetwas ist geschehen. Du weißt es.

Es ist dunkel. Schwarze Wolken, die Winterstürme brausen durch die Straßen der Stadt.

Du gehst hinaus.

Seltsame Menschen wandeln dort in wallenden Gewändern.

Jetzt sehen sie dich. Erkennen.

Sie fallen auf die Knie vor dir. Sie schauen dich nicht an.

Du gehst zwischen ihnen hindurch, die den Asphalt küssen.

Du weinst. Denn du weißt, dass sie sich irren. Und du weißt zugleich, dass du es ihnen niemals erklären könntest. Sie würden dir nicht glauben. Denn sie haben das Zeichen an dir gesehen. Deshalb knien und kriechen sie vor dir, der du nur ein Bote bist, ein Engel des Herrn, also nur ein winziger Teil des Ganzen genau wie sie, also nicht Allah.

Irgendwo

Du erinnerst dich! Dort an den Grenzen, wo sich Licht und Schwärze treffen ... Du erinnerst dich an die Worte: »Für immer und ewig!«

Das schwarze Wesen der Nacht und die weiße Kugel aus Licht, beide in Liebe vereint: Schwarze Klauen halten die Kugel (»mein!«) und streicheln sie, weißes Licht umhüllt die Schwärze. Dann fließen Licht und Schwärze zusammen und werden ... (namenlos). In Liebe vereint, voller Tränen: ich und du und du und ich, nun wir.

Und du bist jetzt und hier und heute ein Mensch, ein Mann und älter schon.

Wer war ich damals?, fragst du dich und weinst. Wer bin ich?

Und du weißt, dass du der Schwarze warst und bist, so einsam und allein in den Tagen des Lichts, aber lachend vereint in den Nächten.

Und du weißt, dass du das Licht bist und warst, denn allein und einsam sind die leuchtenden Sonnen im All.

Opfer dem Sonn!

Was so alles geopfert wird!
Ich mich - du dich - wir uns
Durch welche Henker wohl?
Mit Feuer, Schlinge, Schwert!
Und wem?

I

Du sollst das Opfer für die Götter sein.

Du bist einer der Götter, die sich selbst zum Opfer brachten.

So bleibt Vater Sonn auf seiner Bahn.

So hältst du die Welt in Gang, die viermal schon wurde erschaffen und viermal wurde zerstört.

II

Etwas rast rotierend an dir vorbei.

Ein Ball!?

Im Dämmerlicht des Morgens, ein Morgengruß an Vater Sonn, der sich so fern und doch so nah, gigantisch groß in deinen Augen langsam nun erhebt.

Dann ein dumpfes Plumpsen im Gras.

Zu schwer für'nen Ball - zumindest für'n Fußball dieser Größe, denkst du.

Noch einmal siehst du die Bilder in dir:

Rasen wird Zeitlupentraum. Ein grinsender Kopf schaut dich an. Kurze blond-weiße Haare, die Augen offen, so blau, und Lippen so rot. Der Kopf einer Frau! Eine Spur aus Blut folgt ihr im Flug.

Denn der Tag beginnt und die Herrschaft des Mannes unter seinem Licht.

Re - Atum - Aton , der Sonn

Dein Haus steht in On. *Dein* Name ist Sonn: Ria, Ra, Re.

Dein Auge schaut mich an bei Tage. *Dein* Auge wacht über mich. So gebe ich *dir* diesen Obelisken, dessen goldene Spitze *deine* Strahlen treffen am Morgen.

Einst sah ich *dich* in einer Barke den Himmelsozean durchschweben. Jetzt aber sehe ich *dich* versinken ins Reich der Nacht.

Atum, *du* bist das Erste, das Einzige zu Beginn, nicht seiend, nicht vollendet. Aus *dir* schufst du Telmut und Schu. *Du* bist der Abend des Re.

Diese leuchtende Scheibe am Himmel, dieses strahlende Rund. *Dein* Name ist Jati, *dein* Name ist Aton. *Du* bist Re. *Dein* Sohn, der *dir* gefällt, Echnaton, machte *dich* zum einzigen Gott, das ist Uanre.

Deine Strahlenarme schufen mich und dich, der du diese Zeilen liest, wie auch all die anderen Wesen der Erde.

Regenbogen

Ich sah ihm ins Gesicht
Wolken stiegen auf aus mir
Irgendwo strömender Regen

Dann ein Reißen in meinem Kopf
Und der Regenbogen schoss hinauf
über Berge hinweg

Wirbelndes Farbenspiel
tief in dir
wo wir uns fanden.

Sie

Einst sah ich empor zu den Göttern, die sich Menschen nannten. Und in ihrem Licht fand ich mich wieder als hässlicher Zwerg.

Jetzt sehe ich die anderen mir entgegenkriechen. Sie laufen auf allen Vieren, o mein Gott, sie humpeln heran auf ihren krummen Knochen. Näher und näher. Sie kommen immer näher. Sie kriechen über den leeren Strand. Sie kriechen auf mich zu.

Ich sehe sie!

Sie sind so winzig klein, dort unten in der Ferne, dort unten neben meinen Füßen. Ich neige mein Haupt. Ich neige mein Licht hinab zur Erde.

Sie sehen mit traurigen Augen mich an. Sie sehen mich nun aufrecht stehen. Sie sehen mich aufrecht gehen.

Ich zertrete sie nicht. Ich gehe, ich lasse sie hinter mir. Ich gehe dem Sonn entgegen. Noch einmal drehe ich mich um. Noch einmal werfe ich mein Auge auf sie. Ich sehe sie weinend niedersinken. Sie bedecken ihre Augen mit einer Hand. Sie versinken im Staub. Sie sinken - ersticken - sterben.

Sonnenmensch

Schau in den Sonn! Dort steht ein Mensch, die Arme erhoben zu einem lichtumkränzten schwarzen V.

Stell dir vor, das Senken seiner Arme wäre ein flammender Speer, ein leuchtendes Feuer über die Erde.

Sei still und lausche!

Ja, jetzt hörst du ihn seufzen. Denn seine Arme wiegen schwer.

Dann siehst du sie sinken, dann siehst du, wie sie, schon horizontal zum T sein Schattenbild wandeln. Und wäre da ein gewaltiges Haupt, du sähest ein schwarzes Kreuz vor dir.

Weiter sinken sie und nähern sich nun langsam der Erde.

Jetzt hörst du auch. Es ist das Leid der Welt, das schreit aus seiner Kehle.

Lauf hin und hilf! Mach schnell! Denn *du* allein weißt, wie schwer seine Arme wiegen.

Du tust es. Einen Arm kannst du stützen, einen hältst du in der Waagerechten. Und nun schreist du. Du rufst die vorbeieilenden Massen an.

Ja, es sind Menschen wie du und ... er. Doch blind und taub wandeln sie auf den Straßen dahin, als wären sie in einem Traum.

Dann siehst du die Fäden an ihren Armen und Beinen und Köpfen. *Marionetten*!

Marionetten tappen schwatzend und rasenden Herzens an dir und ihm vorüber. Keiner hört, keiner hält an, keiner hilft.

Hilflos hältst du noch immer seinen rechten Arm.

Was ist mit dem anderen?

Er sinkt unaufhaltsam hinab, nieder sinkt der linke zur Erde.

Und neben dir geht ein Riss durch die Welt. Und Feuer rast über die Hälfte der Erde und überall Glut. Dort auf seiner linken Seite regnet es Asche aus den Himmeln.

Noch aber lebst du, so lebt auch die andere Hälfte der Welt.

Doch wie lange wirst du seinen rechten Arm halten können?

Wird Hilfe kommen?

Wird es *einen* geben, der dich ablöst, der seinen rechten Arm weiterhin hält?

Stimme

Stimme aus der Erde: »Steh auf!«

Du liegst in einer grünen Wiese, atmest ein das Gras. Du siehst deinen Brüdern und Schwestern zu. Du erhebst dich. Es geht so schwer. Du schaffst es.

Du bist aufgestanden, auferstanden.

Die Erde bebt. Sie stürzt dich nieder, fällt dich wie einen Baum.

Du krallst dich fest im Gras. Die Erde dreht sich. Oder alles dreht sich in dir.

Stimme aus der Erde: »Steh auf, mein Sohn, steh auf!«

»Ich kann nicht! Ich kann doch nicht«, schreist du, weinst du verzweifelt.

In dir brodeln Abgründe aus Schwärze. Wahnsinn der Anderen hat deinen Geist in Fesseln gelegt. Es brüllt in dir in endlosen Bahnen und Kreisen. Deine Hände krallen sich in die Erde, die sich dreht. Alles dreht sich.

Und wieder die Stimme aus den Tiefen: »Steh auf!«

Jetzt endlich versuchst du es. Du kommst auf alle viere. Du richtest dich auf. Du stehst auf zwei Beinen. Du hebst die Arme empor. Du atmest ein den Sonn. »Vater!«, rufst du.

Er ist in dir. Von unten strömt ein die Kraft deiner Mutter. Sie halten dich beide in ihren Armen. Jetzt weißt du, dass du siegen wirst.

Du streifst das Chaos ab, das gegen dich brandet, wie eine alte Haut. *Ich!*, schreit es in dir. Ich!«, brüllst du hinaus. Du schreitest in den Sonn.

Sie sahen dich gehen. Sie sahen dich winken.

Du verneigst dich lächelnd ein letztes Mal. Dann drehst du dich um. Nun liegt das Menschsein hinter dir.

Tezcatlipoca

Du bist Sonn
Du bist Sterne und Himmel der Nacht
Du bist Winter und Norden
Du bist Jaguar
Du siehst alles, was geschieht auf Erden
Du bist der rauchende Spiegel – Tezcatlipoca

Nimm hin diesen Menschen
den wir für dich fingen!
Nimm hin sein zuckendes Herz!

Weinen

Ich bin der, der ... ewig weint
Ströme von Tränen verlassen
mein steinernes Haupt
Hier stehe ich im Dunkel der
vergessenen Regenwälder
in der Schwärze der Nacht und
im weißen Licht des Wüsten-Sonn
der brennt, der brennt
und trocknet meine Tränen

Wer bin ich?

Ein Lidschlag nur, ein Lidschlag meiner Augen.

Das Senken der Augenlider ist Fallen der Berge, Verdunsten der Meere, Beben der Erde, ist glühende Lava in den Städten.

Das Heben der Lider, das Öffnen meiner Augen aber ist Geburt blühender Wiesen und Wälder und grüner Seen. Nein, nicht Rosen-, nicht Tulpenbeete, sondern Vielfalt des Lebens, Fuchs und Hase, Spinne und Fliege!

Denn ich bin, der sein wird, der ist.

Ich bin der Quell von Schwarz und Weiß und aller Farben.

Es liegt an dir, meine Welt zu sehen.

X Y Z oder Alpha und Omega

Du stehst auf - ein Beben der Erde
Du stehst auf und öffnest deine Augen
Du stehst auf und gehst dem Sonn entgegen
Und niemand weiß, wer du wirklich bist
Ende oder Anfang oder beides zugleich?

Ausklang

Jeden Tag
erneuert sich der Sonn
hört nicht auf
ewig neu zu sein

Herakleitos

Anfang August

Du sitzt auf einer Bank. Es ist Anfang August und Sonntag, etwas abgekühlt, windig, wolkig, aber sonnig noch immer und warm.

Du schaust empor - das müsste ich fotografieren, mit Weitwinkel, noch besser wäre ein Fisheye - du schaust noch immer und lauschst dem Rauschen der großen grünen Blätter. Fünf Spitzen zählst du - so grün vorm hellen Blau des Himmels, weißen Wolken und einem grauen Gebirge, das zieht von rechts ins Bild. So fotogen, die Farben so kitschig schön und doch real!

Also schreibst du diese Zeilen. Also gehst du die paar Meter nach Hause, holst deine Kamera.

Du kehrst zurück und fotografierst.

Doch der Augenblick ist gegangen. Dieses Bild - wie alle anderen auch - kehrt niemals mehr zurück.

Du glaubst?

Im hellsten Licht, im Mittagssonn, legte er sich in die Wiese.

Nur die Heuschrecken lauschten seinen Gedanken. Und die Spinnen vor seinem Gesicht spürten seinen Atem mit den feinsten Haaren ihrer Beine.

Er schloss die Augen.

Dort lag er im Schatten, schlief ein und träumte von einer Welt ohne Tag und Sonn am Himmel, wo immer und ewig und unveränderlich nur eine Volle Mondin scheint!

Na und?, dachten die Spinnen ihm zu. Vibrationen sind alles! Ob Tag, ob Nacht, ist alles gleich! Was kümmert uns Licht? Träume weiter von Spinnenparadiesen! Träume weiter!

Aber er wusste, dass sie nicht alles sagten - oder aber er verstand sie falsch? Denn sie mussten ein heimliches Leben führen, hier, in dieser Welt des ewigen Tages, wo es so viele Jäger gab mit scharfen Augen und spitzen Zähnen und Schnäbeln.

Dann träumte er doch weiter, unser kleiner Rainar, träumte einen Traum von sich und dem Ruf der Mondin, und weiter vom Licht der Vollen Mondin und weiter von all den Wesen und Dingen, den Kreaturen der Nacht.

»Du glaubst? Du glaubst dies alles?«, fragten ihn Bruder, Schwester, Vater, Schwägerin und so viele andere. »Träum nur weiter! - Nein! Halt! Wach auf! Werde erwachsen! Stell dich der wahren Welt! Verdiene Geld! Höre auf zu träumen!«

Er aber ging hinaus in die Wiesen des Sommers.

Er aber schloss die Augen.

Er aber begann von Neuem zu träumen.

So viele Welten erträumte er sich. Dort war er der allmächtige Herr und Herrscher, Conan vielleicht und König und Kaiser oder nur ein Magier und ... später aber irgendwer und alles. Vom Ich zum Wir zum All.

Und seine eigene Musik packte ihn oben im Dachzimmer seiner kleinen Wohnung und zugleich hier unten im Gras, riss ihn hinweg vom Häusermeer, hob ihn empor über das Wiesenmeer und hinein ins Sternenmeer.

Du stehst auf

Du stehst auf. Verwundert schaust du dich um. Da war doch eben noch ... Du erinnerst dich nicht.

Dort, in der Ferne der glühend rote Ball - Abendsonn, fällt dir ein. Es naht die Nacht.

Etwas, irgendwas schreit auf in dir, einen Augenblick nur, den Bruchteil einer Sekunde. Etwas war dort, liegt dort begraben. Es wollte heraus, geboren werden. Etwas anderes aber hielt es fest.

So beginnst du Schritt vor Schritt zu setzen, hinein in die Weite dieser dir endlos scheinenden Ebene. Und Sonn sinkt, versinkt dort vorne - so nah, so fern - in ihr. Du ...

Entschwunden

Du hebst deinen rechten Arm, streckst aus deine Hand in den Sonn. Drehst die Innenfläche dem Licht entgegen. Doch das Drehen hört nicht auf. Dreht sich die Hand um Achsenarm und löst sich ab. Wirbelndes Leuchten, schon fern, ein Blinken in der Bläue.

Sprudelnder Puls, rot, aus Armes Stumpf hier unten. Staunend stehst du da, sekundenlang. Dann beginnst du zu fallen. Schwärze hüllt sanft dich ein.

Finsternis

Wir hören sie in unseren Träumen, immer wieder seit Äonen - Gesumm, Gebrumm in Menschenohren. Es ist der Schwarm, der uns ruft: »Nach Hause!«

So laufen wir hinaus.

Dehnt sich Zeit zur Ewigkeit.

Aber es wird geschehen!

Schon wächst der Schatten. Weiter schiebt sich die Mondin vor die brennende Scheibe Sonn. Es ist soweit: die Zeit!

Jetzt herrscht Nacht in Tagesmitte.

Jetzt steigen wir auf, rasend schnell, sind wieder Schwärze, in Schwärze geborgen.

Jetzt rufen wir die Stimmen, die uns riefen, und lauschen dem Rauschen.

Die Sterne erlöschen.

Stille.

Lichtstrahl

Alles nimmst du wahr, was geschieht bei Tag.

Denn du bist ein Strahl vom Vater, bist Licht, das fällt hinein in Zimmer und Stube.

Denn du bist auf den Wiesen vor der Stadt.

Du bist in allen Welten, die nicht ewig im Dunkel liegen, in allen Welten zugleich.

Und dies ist es, was du bescheinst, Sonn. Dies und vieles mehr, so viel mehr! Wärst du nicht Leuchte, du würdest weinen und lachen und schreien und brüllen und fassungslos schauen.

So aber ist nur Lächeln, Sonnschein und Erleuchtung.

Sie sagen

Sie sagen
in der Nacht sei der Sonn verschwunden
Doch du siehst sein Leuchten noch immer
gespiegelt in deiner Schwester Mondin
Und deine Seele weint Tränen
»Vater!«, ruft sie weinend und tanzend vor Glück

Der Penner im Park erwacht

Er schlägt seine Augen auf. »Ich le be – lebe - LEBE!«, stottert, flüstert, ruft er laut und denkt bei sich:

Wiedergeboren.

Also war ich tot!

Also bin ich gestorben!

Habe ich davor gelebt!

Und wo und wie - als was?

Doch, so sehr er sich auch bemüht, er kann sich an nichts erinnern, ob da was oder was da wohl gewesen war. Eins aber scheint ihm klar, und das ist wesentlich, denn es ist das, was zählt: Jetzt jedenfalls lebe ich!

Dann sieht er sich um, sieht den Rasen, auf dem er liegt, sieht mehr und spricht von dem, was er erblickt: »Ich sehe einen gelb-schwarz gefleckten Vogel, einen kleinen zwitschernden Vogel durch das Geäst der Bäume huschen. Der sieht aus wie eine Wespe, schwirrt wie ein Kolibri von Baum zu Baum. Dort oben über mir unter dem blauen weiß bewölkten Himmel sehe ich ihn schweben, schwirrend schweben. Und da sind auch grüne Farben, ein Blättermeer.

Ich sehe, was ich nie zuvor sah, ich sehe alles zum ersten Mal. Ich sehe den Sonn zwischen den Blättern dieses Baumes - »Platane«, flüstert mir eine Stimme zu -, ich spüre sein wärmendes Streicheln, den Hauch seines fernen Atems meine Augen treffen.

Jetzt beginne ich mich zu erinnern ... Erinnern ... ER-INNERN: Ich war nicht tot. Niemals starb ich. Nie wurde ich geboren. Ich lebe. Doch ich wachte, ich schlief, ich träumte. Träumte tausend Träume, die niemals zu enden schienen. Irgendwann dann aber wachte ich auf, schlug meine Augen auf. »Ich lebe!«, schrie ich in den Morgen, den Mittag, den Abend dieses Tages. Ach, ich bin zurückgekehrt.«

So erwacht der Penner aus seinem Jahre währenden Rausch. Er war nicht ständig darin gefangen. Er ist es nicht mehr!

Nun ist der Schläfer erwacht. Neben ihm auf der Bank liegt ein aufgeschlagenes Buch.

Wo kommt denn das so plötzlich her?, denkt er noch, da hält er es auch schon in seinen Händen. Er beginnt zu lesen. ATON - Vater Sonn steht da geschrieben über einer gelb-rot-blau leuchtenden Flamme.* Ihm kommt das irgendwie bekannt vor: Das sind doch meine Träume oder die eines jungen Mannes auf einer Bank im Park. Erstaunt lässt er das Buch aus den Händen fall...

Doch es fällt nicht zu Boden, sondern bleibt aufrecht in der Luft vor ihm stehen, leicht schräg geneigt, in optimaler Leseposition. Dann schlägt ein Windhauch den Deckel auf. Er liest ganz oben einen Namen und noch einmal den Titel. Weiter blättert der Wind die Seiten um. Er sieht und staunt nicht mehr und liest - begierig - weiter.

Ach, staunt er ein wenig später. Da steht ja was über einen namenlosen Penner - Halt! Hier am Ende steht sein Name, ach, es ist ja meiner, hier steht mein Name: Olaf!

*: Im Original ein glühender Feuerball.

Fantastik und Fantasy von Rainar Nitzsche

Fantastische Kurzprosa

Ruf der Mondin. Lieder der Nacht. 62 Seiten, ISBN 9783980210256 sowie als E-Book erhältlich.

 *Im Licht der Vollen Mondin.* 132 Seiten, ISBN 9783930304042 sowie als E-Book erhältlich.

Mondin-Schein und Sein. 176 Seiten, 50 handsignierte, nummerierte Exemplare, ISBN 9783930304127 sowie als E-Book erhältlich.

ATON Vater Sonn. Taggeschichten. 184 Seiten, 50 handsignierte, nummerierte Exemplare, ISBN 9783930304097 sowie als Taschenbuch und E-Book erhältlich.

Das Schlafende steht auf aus Seinen Träumen. Fantastische Kurzprosa. 204 Seiten, ISBN 9783930304776sowie als Taschenbuch und E-Book erhältlich.

Spiegelwelten deiner Seele. Spiegelgeschichten. 88 Seiten, 50 handsignierte, nummerierte Exemplare, ISBN 9783930304271  sowie als Taschenbuch und E-Book erhältlich.

 *Still riefen uns die Sterne.* Kosmische Geschichten, 164 Seiten, 50 handsignierte, nummerierte und weitere Exemplare, ISBN 9783930304295 sowie als Taschenbuch und E-Book erhältlich.

Von Engeln, Erleuchtung und Ewigkeit. Meditative Kurzprosa. 3. überarbeitete Auflage, 149 Seiten als Taschenbuch, ISBN 9783741266621 und E-Book. Rainar Nitzsche / Harald Fuchs, 2. Auflage, 144 Seiten, ISBN 9783930304783.

Spinnentraumgespinste. Spinnenträume und Spinnenbegegnungen. 2. überarbeitete Auflage. 164 Seiten, ISBN 9783930304707 sowie als Taschenbuch und E-Book erhältlich.

Die Pfadwelten

Die fantastische Reise von Manfred, einem Magier mit der Fähigkeit sich in andere Lebewesen zu verwandeln. Sein Weg durch die Bioregionen der Erde: Suche nach seiner großen Liebe. Kampf mit einem schwarzen Wesen aus der Welt T-Her:

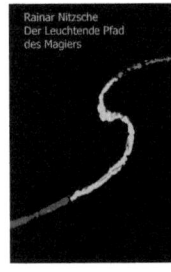

Der Leuchtende Pfad des Magiers. PFAD 1, 186 Seiten, handsigniert, nummeriert, limitiert auf 200 Exemplare, ISBN 9783930304035 sowie als Taschenbuch und E-Book erhältlich.

Wandlungen der Drei. PFAD 2. 194 Seiten, handsigniert, nummeriert: 50 Exemplare, ISBN 9783930304134 sowie als Taschenbuch und E-Book erhältlich.

Wüsten-Berges-Himmels-Weiten. PFAD 3, 180 Seiten, handsigniert, nummeriert, limitiert auf 50 Exemplare, ISBN 9783930304172 sowie als Taschenbuch und E-Book erhältlich.

Ins All - Im Eins. PFAD 4. 208 Seiten, handsigniert, nummeriert, limitiert auf 50 Exemplare, ISBN 9783930304141 sowie als Taschenbuch und E-Book erhältlich.

Der Schneckenkönig von Alexa E. Bach. Leben eines PFADWesens. Suche eines intelligenten Schneckenwesens nach seinen Untertanen in einer menschenleeren Welt, die von Ameisenvölkern beherrscht wird. 76 Seiten, ISBN 9783842355873 und E-Book.

Lyrik von Rainar Nitzsche

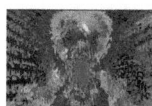

Ewig sein in Stille. Meditative Lyrik. Rainar Nitzsche / Berthold Mallmann, 122 Seiten mit 21 Grafiken, nummeriert, handsigniert, limitiert auf 50 Exemplare, ISBN 9783930304264. Neuauflage Taschenbuch Rainar Nitzsche ISBN 9783741261312 und E-Book.

Klang über den Meeren der Zeit. Harald Fuchs / Rainar Nitzsche. 72 Seiten mit 31 Grafiken, nummeriert, handsigniert, limitiert auf 313 Exemplare, ISBN 9783930304073. Neuauflage Taschenbuch Rainar Nitzsche ISBN 9783738643411 und E-Book.

OM oder Das Rauschen der scheinbaren Leere. Meditative Lyrik. 80 Seiten, nummeriert, handsigniert, limitiert auf 316 Exemplare, ISBN 9783930304028 sowie als Taschenbuch und E-Book erhältlich.

wir ... menschen der erde. Natur, Untergang, Hoffnung, Neuanfang, Aufbruch ins All. 72 Seiten sowie als Taschenbuch und E-Book erhältlich.

Die Zeit der Bäume. Rainar Nitzsche / Harald Fuchs, 60 Seiten mit 23 Grafiken, nummeriert, handsigniert, limitiert auf 304 Exemplare, ISBN 9783980210249 sowie als Taschenbuch und E-Book erhältlich.

wir ...
menschen
der erde

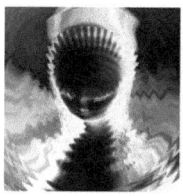

lyrik von rainar nitzsche

Von Olaf Olsen* sind erschienen

Die Meere des Wahnsinns. Wenn sich die Grenzen verschieben. Original: 72 Seiten mit 23 Abb. von Dr. Rainar Nitzsche, ISBN 978-3-930304-30-1 sowie als Taschenbuch und E-Book erhältlich.

Höllen-Fahrten-Leben-Träume. Alltäglicher und wahrer Horror auf Erden und andernorts. Original: 156 Seiten mit 51 Abb. von Dr. Rainar Nitzsche, ISBN 978-3-930304-31-8 sowie als Taschenbuch und E-Book erhältlich.

ES bricht hervor aus dir. Horrorgeschichten und -gedichte. Das dritte Buch vom „Irren" aus der P(f)alz. Original: 102 Seiten mit 42 Fotokunstwerken von Rainar Nitzsche, ISBN 978-3-930304-49-3 sowie als Taschenbuch und E-Book erhältlich.

Olaf Olsen

ES bricht hervor aus dir

*: Wohl ein Pseudonym von Rainar Nitzsche? Oder warum sonst werden hier Olsens Werke aufgeführt?